DAS TÜCKISCHE MEER
SKEIF
WHISPERWORLD
SCHLUCHT
SCHULE
FAULSUMPF
MANDULARA
DEEPWOOD
LANDEPLATZ
DRAGONLAND

„Wir leben in einem gefährlichen Zeitalter.
Der Mensch beherrscht die Natur, bevor er gelernt hat,
sich selbst zu beherrschen.“

Albert Schweitzer,
Arzt und Philosoph

Band 1: Aufbruch ins Land der Tierflüsterer

Band 2: Flucht in die Wüste

Band 3: Geheimnis des Meeres

Band 4: Gefahr im Sumpf

Band 5: Entscheidung am Abgrund

Weitere Abenteuer in Whisperworld
sind in Vorbereitung!

Whisperworld

Barbara Rose

Whisperworld
Entscheidung am Abgrund

Mit Bildern von Alina Brost

CARLSEN

WILLKOMMEN IN WHISPERWORLD

Coco

Coco ist die Kleinste in ihrer Familie und so wird sie auch behandelt: wie ein rohes Ei! Dabei hat Coco einiges auf dem Kasten! Sie interessiert sich sehr für Tiere und Pflanzen und hat mit ihrem Wissen schon unzählige Notizbücher gefüllt.

Chuck

Cool, cooler, Chuck. Die Berufung nach Whisperworld war eine Überraschung für ihn. Denn eigentlich zieht er Probleme magisch an und viel Erfahrung im Umgang mit Tieren hat er auch nicht.

Amy

Amy ist eine Weltenbummlerin und meistens bester Laune. Mit ihren Eltern reist sie ständig umher und hat so schon viele Menschen und Orte kennengelernt. Doch eigentlich wünscht sich Amy nichts sehnlicher als ein Zuhause.

Mohit

Mohits Vater ist Tierarzt. Daher weiß Mohit viel über Tiere und wie man ihnen helfen kann. Mohit ist ein Teamplayer und unverzichtbar für die Gruppe.

Paul

Paul hat ein fotografisches Gedächtnis: Was er mal gesehen hat, vergisst er nicht! Dazu ist er noch eine Leseratte … Zu Hause wird ihm jeder Wunsch erfüllt, das wird in Whisperworld anders laufen …

Enisa

Enisa ist eine harte Nuss! Sie öffnet sich nur langsam. Trotzdem ist sie fürsorglich und achtsam. Und wenn sie dir einmal vertraut, ist das Wüstenmädchen für jedes Abenteuer zu haben.

Bo

Bo kommt gerade rechtzeitig angeflogen, um den Tierflüsterern aus der Patsche zu helfen. Eine leichte Übung für den sportlichen und attraktiven Kerl, denn Bo kann gefühlt alles. Und das gefällt nicht jedem …

Inhalt

Die Legende der Tierflüsterer

Whisperworld – ein Land am Ende der Welt.
Geheim und verborgen.
Nur ein einziges Buch erzählt seine Geschichte.
In Whisperworld leben Tierarten, die längst als
ausgestorben galten.
Dort finden bedrohte Tiere eine Heimat.
Dort werden sie beschützt.
Beschützt von den Tierflüsterern.
Jedes Mädchen und jeder Junge träumt vom Ruf
nach Whisperworld.
Denn in Whisperworld werden Kinder zu Tierflüsterern.
Mädchen und Jungen, die alles geben,
um unsere Welt zu retten.
Wer wird auserwählt?
Wer darf bleiben?

Hörst du das Flüstern aus Whisperworld?

Prolog

In Mandulara

Die Luft in der Savanne flirrte vor Hitze. Gelegentlich fuhr ein lauwarmer Windstoß durch das Mosaik aus unterschiedlichen Grasflächen und brachte die dürren Stängel zum Erzittern. Außer dem metallischen Zirpen der Zikaden war kaum ein Geräusch zu hören. Wie ein Klangteppich breitete es sich über die weiten Ebenen von Mandulara aus. Während die meisten Tiere versuchten, die Sonne zu meiden, machten sich Adler, Falken und Bussarde die heißen Aufwinde zunutze. Mit Leichtigkeit stiegen sie in die Höhe und hielten dort schwerelos nach Beute Ausschau.
Ein paar Löwen rekelten sich im Schatten einer Schirmakazie am Rand der großen Schlucht, bevor sie mit einem Mal blitzartig im hüfthohen Gras verschwanden.

„Irgendwas stimmt hier nicht, wenn du mich fragst, Koru." In einiger Entfernung von den Raubtieren wischte sich Silvester den Schweiß von der Stirn. „Je mehr wir uns der Simari-Schlucht nähern, desto seltsamer benehmen sich die Tiere. Diese Löwen da vorn sind nicht auf Beutefang. Irgendwas hat sie aufgeschreckt." Er deutete zum Horizont. „Überhaupt sind heute viel zu wenig Tiere unterwegs."

Der Nebelparder neben ihm knurrte verhalten. „Vielleicht haben sie uns gewittert und sich zurückgezogen?"

Silvester schüttelte den Kopf. „Warum sollten sie? Die Wandertauben haben uns sicher längst angekündigt. Wir sind Freunde. Alle werden wissen, dass wir seit Tagen auf der Suche nach Devin Dolor sind. Und dass sein Hubschrauber zuletzt hier gesichtet wurde, in Mandulara."

Koru hob den Kopf. „Ich sehe mich mal eine Weile um. Vielleicht entdecke ich etwas Ungewöhnliches. Von der Akazie da vorn habe ich einen guten Ausblick."

„Yep, mach das."
Mit weichen, geschmeidigen Bewegungen verschwand die Großkatze mit den charakteristischen schwarz umrandeten Plattenflecken auf dem Fell zwischen Gras und dichtem Buschwerk.
Silvester wusste, dass Koru mit seinem langen Schwanz, der ihm beim Balancieren half, ein hervorragender Kletterer war. Er war ihm ausgesprochen dankbar für seine Hilfe, denn eigentlich war der Nebelparder ein nachtaktives Tier. Deshalb hatten sie auch viel Zeit mit Wanderungen in der Dunkelheit verbracht. Jetzt war es helllichter Tag und Silvester war müde. Zeit für eine kleine Pause. Der Lehrer an der Schule der Tierflüsterer seufzte, befeuchtete die Stirn mit Wasser aus seiner Trinkflasche und nahm einen Schluck.
„Nur einen einzigen", murmelte er erschöpft.
Mehrere Tage waren inzwischen mit der Suche nach

Devin Dolor und seiner Helferin Lexi verstrichen. Tage und Nächte, die Silvester mehr angestrengt hatten, als er zugeben wollte. Kein einziges Tier, mit dem er gesprochen hatte, konnte ihm etwas über den Aufenthaltsort des Verbrecherpärchens berichten. Dafür waren Silvester und Koru etliche verbrannte Grasflächen aufgefallen. Das war kein natürliches Buschfeuer gewesen. Hier handelte es sich eindeutig um Brandrodung.

„Bis wir ein Wasserloch gefunden haben, sollte ich sparsam mit der Flüssigkeit umgehen", murmelte Silvester.

Der Hüne schraubte den Verschluss der Flasche zu, beschattete sein Gesicht und blickte Koru hinterher, der längst zwischen den Gräsern verschwunden war. Silvester musste die Augen zukneifen, das Sonnenlicht bereitete ihm inzwischen beinahe körperliche Schmerzen. Längst fühlte er sich nicht mehr so leistungsfähig, wie er eigentlich hätte sein sollen. Ihm fehlten Schatten, Ruhe, Schlaf.

Wie lange war er bereits unterwegs? Drei Tage, vier Tage, vielleicht fünf? Silvester hatte jedes Gefühl für Zeit verloren, die Momente dehnten sich wie Kaugummi, die Stunden und Tage waren eine zähe, wabernde Masse. Wenn er nach Osten blickte, konnte er den Rand der Simari-Schlucht erkennen. Hier vermutete er Spuren von Devin und Lexi – oder zumindest Tiere, die dort lebten und ihm Hinweise auf deren Aufenthaltsort geben konnten.

Gerade wollte Silvester wieder nach Koru sehen, da erregte eine merkwürdige Erhöhung am Rand der Schlucht sein Interesse. Ein Felsbrocken vielleicht? Oder ein merkwürdig geformter Termitenhügel? Silvester sah genauer hin, und in diesem Moment bewegte sich das Objekt sachte nach rechts und links. Es lebte! Aber was konnte das sein? Silvester schloss einen Moment die Augen, um sich besser konzentrieren zu können, und öffnete sie dann rasch wieder. Nein, das war keine Erhöhung, kein Hügel oder Fels, keine tote Masse, kein Bau aus zerkautem Pflanzenmaterial und Erde, sondern das war …

ein Kopf! Riesig, fleischfarben und komplett haarlos. Ein runder, wurmartiger Schädel. Reglos starrten die kleinen Augen genau in Silvesters Richtung.

Silvesters Herz klopfte heftig. Spielte ihm sein Gehirn gerade einen Streich? Hatte ihm die Sonne so zugesetzt, dass er schon Halluzinationen hatte? Er zog sein Fernglas aus der Tasche. Doch als er den Sucher richtig eingestellt hatte und den Rand der Schlucht genauer betrachtete, war das merkwürdige Wesen weg. Wie vom Erdboden verschwunden. Verärgert biss sich Silvester auf die Lippe, spähte mit dem Fernglas weiter nach rechts, dann weiter nach links.

Nichts zu sehen. Die Suche nach dem ungewöhnlichen Schädel am Rand der Schlucht nahm Silvesters

Aufmerksamkeit völlig in Beschlag. Er achtete nicht auf seine Umgebung, auf Geräusche oder Gerüche. Dabei war Sicherheit die oberste Priorität in Whisperworld und Silvester selbst wiederholte das geradezu mantramäßig vor seinen Schülern. Dass er sich bereits in höchster Gefahr befand, ahnte er in diesem Moment nicht. Er wusste nicht, dass der *Kuss des Todes* schon auf ihn wartete.

Nur etwa hundert Meter von Silvester und der Akazie entfernt ragten mehrere Termitenhügel in den Himmel: steinharte Gebilde, kunstvoll gestaltet und von etlichen Löchern durchsetzt. Wie erstarrter Honig glänzten sie in der Sonne. Ein breiter Unterbau, darüber zahlreiche säulenförmige Türme, die sich steil in die Höhe reckten. Millionen von Termiten lebten in jedem dieser Gebilde. In jedem – bis auf eines. Dieser Bau war schon lange nicht mehr von den wuseligen Insekten bewohnt. In der gut temperierten Behausung mit ihrem konstanten Klima lebte

nun eins der gefährlichsten Tiere der Savanne und wartete auf den richtigen Moment – auf sein Opfer, das sich nur wenige Meter von ihm entfernt befand.
Lautlos schlüpfte die Schlange aus dem Termitenhügel, stieß die gespaltene Zunge mit schnellen Bewegungen immer wieder aus dem Maul, zog sie ein und nahm bei jedem Mal winzige Partikel aus der Luft auf. In Sekundenbruchteilen entschlüsselte das Reptil die Gerüche der Umgebung und hob zufrieden den Kopf. Seine Prüfung hatte das Ergebnis gebracht, auf das es gehofft und seit Tagen gewartet hatte: der Tierflüsterer war zum Beißen nah. Die Schlange konnte ihren Auftrag endlich erledigen.
Mit anmutigen, fließenden Bewegungen ließ sich das meterlange Reptil durchs Gras gleiten. Seine silbriggraue Haut verschmolz mit der Umgebung. Unmöglich für seine Beute, es zu entdecken. Und obwohl sich die Schlange bereits mit unglaublicher Geschwindigkeit

vorwärtsbewegte, richtete sie nun auch noch ein Drittel ihres Körpers auf. Dadurch rieb noch weniger Haut am Boden und sie konnte maximales Tempo aufnehmen.
„Genug gewartet, der Schädel taucht wohl nicht mehr auf“, brummte Silvester. Er erhob sich, steckte das Fernglas wieder ein und klopfte sich den Lehm von der Hose. „Mal hören, was Koru entdeckt hat.“
Silvester machte einen energischen Schritt nach vorn und … starrte in die Augen einer Schwarzen Mamba. Hoch aufgerichtet und mit schnellen Bewegungen ihrer schwarzen Zunge schwang sie leicht und graziös vor ihm hin und her. Ihr Maul war genau auf seiner Augenhöhe.
„Verdammter Mist“, entfuhr es Silvester.
Wie hypnotisiert starrte er in die Augen der Schlange und fragte sich zu seinem eigenen Erstaunen, warum diese Giftschlange keine vertikalen, sondern runde Pupillen hatte. Wollte sie damit ihre Gefährlichkeit tarnen?

Die Schwarze Mamba glitt ein Stück nach vorn. Langsam, sehr langsam. Sie hatte keine Eile mehr, denn sie wusste, dass ihre Beute nicht den Hauch einer Chance hatte. Egal, wie schnell Silvester sich umdrehen, zur Seite springen oder weglaufen würde, die Schwarze Mamba war schneller. Die Schlange öffnete ihr Maul mit dem pechschwarzen Gaumen und wollte gerade zubeißen, als eine geschmeidige Gestalt mit lautem Fauchen auftauchte.

Pffffchhhhh!

Kurz drehte die Schlange den Kopf, um zu sehen, wer sie störte. Zu kurz, als dass sich Silvester hätte in Sicherheit bringen können. Aber doch so lange, dass Koru die gefährliche Situation einschätzen konnte.

Ohne einen einzigen Stopp in seinem Lauf, ohne jede Unsicherheit oder Verzagtheit sprang der Nebelparder auf das Reptil zu und verbiss sich mit seinen langen Zähnen genau unterhalb des Kopfes in den Körper der Schlange.

Schlaff fiel ihr Leib zu Boden.

Korus Raubtiergebiss hatte die Schwarze Mamba getötet.

„Puh, das war knapp. Danke dir, mein Freund." Silvester schnaubte, Schweißperlen tropften von seiner Stirn. „Was ist hier los? Normalerweise greift uns kein Tier an, auch keine Schwarze Mamba. Sie und alle anderen sollten doch wissen, dass wir Tierflüsterer sind und Leben schützen. Wir wollen doch kein Tier verletzen, geschweige denn töten."

Korus Tasthaare zitterten. „Der Biss der Schwarzen Mamba, der *Kuss des Todes,* könnte fünfzehn Menschen auf einmal umbringen. Du hättest ihren Angriff nicht überlebt."

„Ich weiß, ich weiß." Silvester kratzte sich am Kopf. „Du hast mir das Leben gerettet, Koru, keine Frage. Ich danke dir tausendmal." Silvester starrte den reglosen Körper der Schlange an. „Aber … das ist alles kein Zufall, wenn du mich fragst. Die Tiere verhalten sich uns gegenüber nicht mehr so, wie es seit der Gründung von Whisperworld vereinbart wurde: Alle Arten werden von uns geschützt, dafür werden die Tierflüsterer nicht angegriffen."

Koru nickte. „Du meinst, dass Devin Dolor dahintersteckt und die Lebewesen von Mandulara beeinflusst?"

Silvester nickte ebenfalls.

„Gut möglich, mein Freund." Koru betrachtete die tote Schlange. „Ich bringe sie schnell weg, solange ihr Körper noch warm von der Sonne ist. Möglicherweise hat ein Honigdachs, ein Schakal oder sogar ein Leopard Appetit auf einen kleinen Snack."

Mit federnden Schritten verschwand der Nebelparder, die tote Schwarze Mamba im Maul. Silvester ging erschöpft in die Hocke, legte die Ellenbogen auf seine Oberschenkel und atmete tief durch. Glück gehabt!

In diesem Moment fiel ein riesiger dunkler Schatten über ihn. Die Umgebung verdüsterte sich, und für einen kurzen

Moment hatte Silvester das seltsame Gefühl, dass sich eine rosafarbene Wand vor ihm aufbaute. Er spürte einen dumpfen Schlag, der ihn zusammensacken ließ.

Rosa, so wie der Himmel an einem Frühlingsmorgen über dem Deepwood, dachte Silvester noch.

Dann fiel er ohnmächtig in den Staub.

Die Welt versank in Dunkelheit.

In völliger Schwärze.

Finsternis.

Die Berufung

„Du weißt, dass du mein Augenstern bist, Enisa. Doch seit Großmutter Leila schwer krank ist und nicht mehr arbeiten kann, brauche ich jede Hand." Ihr Vater Ramad musterte sie mit seinen müden dunklen Augen. „Das bedeutet, dass du ab jetzt nicht mehr zur Schule gehen kannst."

Enisa starrte ihren Vater völlig überrascht und entsetzt an.

„Können wir schließlich auch nicht", schob Enisas Bruder Hakim hinterher. Ungeduldig riss er am Führstrick, mit dem er Sultan, das Trampeltier seines Vaters, auf dem Weg zur *Medina*, dem alten Teil der Stadt, hinter sich herzog.

„Vater!", schrie Enisa fassungslos. „Tu mir das nicht an, ich bitte dich inständig. Ich bin eine gute Schülerin, ich bin fleißig und kann es zu etwas bringen."

Sie war stehen geblieben und fixierte den Vater mit ihren schwarzen Augen, doch er wich dem Blick seiner Tochter aus und stapfte einfach weiter.

„Warte!“ Enisa zupfte an seiner *Djellaba*, dem traditionellen bodenlangen Mantel. „Halte bitte inne und hör mir zu. Großmutter Leila hat mir versprochen, dass ich in die Schule gehen darf. Ich kann arbeiten und trotzdem weiter lernen. Ich werde noch früher aufstehen und noch später zu Bett gehen und …“

Ihr Vater klatschte hart in die Hände. Nur ein einziges Mal. „Schweig. Es ist alles gesagt, Enisa.“

Hakim sah sie mit einer Mischung aus Mitleid und Zufriedenheit an. „In einer Familie kann sich keiner über den anderen erheben. Jeder hat seine Pflicht zu erfüllen“, erklärte er.

Enisa schluckte, sie hatte das Gefühl, einen Schlag in die Magengrube bekommen zu haben. Die Füße, die Beine,

der ganze Körper fühlten sich auf einmal bleischwer an. Unmöglich, auch nur einen Schritt zu machen.
Einen Moment sah Enisa den beiden Männern hinterher, die energisch den Pfad entlangliefen und durch ein *Bab*, ein altes Tor der Stadt, verschwanden, ohne sich noch einmal nach ihr umzusehen.
Tränen bildeten sich in ihren Augen, der Kopf fühlte sich leer an. Ihr war klar, dass es keinen Sinn hatte, zu diskutieren, und noch weniger, zu schreien oder zu toben. Ihre Verzweiflung würde ihren Vater oder den Bruder nicht erweichen. Mit dem kurzen Gespräch war Enisas Schicksal besiegelt worden.
„Großmutter“, flüsterte das Wüstenmädchen und wischte sich mit einem Zipfel ihres *Hijabs*, des traditionellen Kopftuchs, die Tränen aus dem Gesicht. „Was tun sie mir an?“
Enisa biss die Zähne zusammen. Sie musste den beiden

folgen, das wurde von ihr erwartet. Und auf keinen Fall durfte sie ihrem Vater und Hakim so verweint unter die Augen treten. Das war ein Verstoß gegen alles, was sie von ihrer Mutter, die schon vor langer Zeit gestorben war, und ihrer Großmutter gelernt hatte. Auch kein Händler im *Souk*, dem traditionellen Markt, sollte ihren Kummer bemerken. Niemals!

Enisa straffte die Schultern. „*Glück ist eine Oase, die zu erreichen nur träumenden Kamelen gelingt*", sagte sie entschlossen. „Wie oft hat Mutter uns diese Weisheit der Beduinen ans Herz gelegt. Sie hatte recht."

Sie zupfte die Kleidung zurecht und lief mit schnellen Schritten Vater und Bruder hinterher. Enisa zwang sich, sich so zu verhalten, als wäre nichts passiert. Gar nichts.

„Du kannst dich kurz umsehen, ich passe solange auf Sultan auf. Geh in den Souk der Gewürze, wir brauchen Kreuzkümmel. Lass dir nicht zu viel Geld abknöpfen und komm so schnell wie möglich zurück. Ich muss auch noch einige Dinge erledigen."

Hakim sah ihr nicht in die Augen, nachdem Enisa kurz hinter dem Tor zur Altstadt zu ihm aufgeschlossen hatte. Aber sie wusste, dass sein Vorschlag eine große Geste war. Ein Friedensangebot. Und sie nahm es dankbar an. Wenigstens diese Freude wollte sie sich nicht entgehen lassen. Ihr Vater war längst im Gewühl des Marktes verschwunden.

Mit blinder Sicherheit bewegte sich Enisa durch die Gassen.

Feiner Wüstenstaub überzog jeden Winkel und legte sich über die Wege, Gebäude, Marktstände. Schon aus der Ferne hörte das Mädchen die Aufforderungen der Händler, zwischendrin erklang der Ruf des *Muezzins*.

Auf Fremde wirkte der Souk wie ein chaotisches Labyrinth, doch Enisa wusste, dass der Markt nach einem bestimmten

Prinzip, nach den unterschiedlichen Gewerben, angeordnet war. So bekam man im Souk der Stoffe Teppiche, Kissenbezüge und farbenfrohe Tücher. Es gab den Souk für Leder, den für Kupfer, Keramik oder Gewürze.

„Guten Morgen!“, rief ihr ein alter Händler zu.

„Wie geht es Leila?“, wollte ein anderer wissen.

Enisa gab knappe Antworten, dann wanderte sie weiter. Reges Treiben herrschte in den unzähligen Gassen und an den farbenfrohen Ständen. Trotz ihres Kummers musste das Mädchen lächeln. Sie liebte den Bazar ihrer Heimatstadt, das Gewirr der Stimmen, die Vielfalt der Sprachen, der Menschen, all die Farben und Gerüche. Der Duft von Gewürzen wehte durch die Gassen, Hammelspieße brutzelten in kleinen Grillküchen, Schlangenbeschwörer machten mit greller Musik auf ihre Nattern und Kobras aufmerksam, Kaufleute boten lautstark Ketten, Taschen oder bunt bestickte Lederpantoffeln feil.

Schon als kleines Kind hatte Enisa es kaum erwarten können, mit ihrer Großmutter von Stand zu Stand zu laufen, zuzuhören, wie die alte Frau mit den Händlern feilschte, Obst und Gemüse begutachtete und mit einem wütenden Zischlaut auf zu hohe Preise reagierte.
Den Souk der Gewürze mochte Enisa besonders. Jeden Morgen wurden hier die Waren kunstvoll aufgetürmt, die aus dem eigenen Land, aber auch frisch aus Indien oder Pakistan kamen: Zimtrinde, Rosenknospen, Sumach – ein tiefviolettes, zitronig-säuerliches Gewürz –, Curry- und Paprikapulver, Zatar – eine Kräutermischung mit Thymian und Sesam –, Muskatnüsse und vieles mehr.
An einem Stand, der etwas zurückversetzt in einer engen Gasse lag, blieb Enisa stehen. Sie kannte den Händler, hier kaufte auch ihre Großmutter ein. Möglichst desinteressiert wirkend schnupperte Enisa zunächst an einigen Kräutern und betrachtete die Auslage. Der Händler beachtete sie

nicht. Als hätte er gar nicht gemerkt, dass sie da war, tippte er konzentriert in sein Handy. Enisa wusste: Das war Teil des Spiels, das gerade erst begonnen hatte.

„Ich brauche Kreuzkümmel“, meinte sie mit einer scheinbar gelangweilten Handbewegung. „Was kostet diese Packung?“ Sie hielt einen Beutel in die Höhe.

Der Händler nannte einen so absurd hohen Preis, dass Enisa schmunzeln musste.

„Nein danke“, sagte sie und wandte sich zum Gehen.

Sofort nannte der Händler eine andere Summe, die weit unter seinem ersten Angebot lag. Selbstbewusst blieb Enisa stehen. Mit einem kurzen Schulterblick und noch nicht ganz dem Händler zugewandt, nannte sie einen niedrigeren Preis.

Eine Weile ging es hin und her, bis sich die beiden schließlich einig waren und Enisa mit dem Gewürz zu Hakim eilte. Sie hatte gut und auf Augenhöhe mit dem

Verkäufer verhandelt. So, wie Großmutter Leila es ihr beigebracht hatte.

„Endlich“, knurrte Hakim, als sie bei ihm ankam, und drückte ihr den Führstrick von Sultan in die Hand. „Jetzt bin ich dran. Kann dauern.“

Enisa seufzte. Sie wusste, dass die Zeit, die sie auf dem Markt verbracht hatte, nichts gegen die stundenlangen Einkäufe ihres Vaters oder ihres Bruders waren. Wahrscheinlich würde sie sich zu Tode langweilen, bis die beiden wieder zurückkehrten. Enisa gähnte.

In diesem Moment sah sie den Vogel. Kreisförmig zog er seine Runden über ihrem Kopf, ließ sich dann auf dem Zelt eines Stoffhändlers nicht weit von Enisa entfernt nieder und blickte genau in ihre Richtung.

Enisa legte den Kopf schief. So einen bunten Vogel hatte sie in ihrer Heimatstadt noch nie gesehen, außerdem kam es ihr merkwürdig vor, dass er keinerlei Scheu zeigte.

Enisa? Hörst du mich?

Enisa blickte in das Labyrinth der Gassen. Hatte Hakim sie gerufen? Oder ihr Vater?

Enisa, du sollst Tierflüsterin in Whisperworld werden.

Whisperworld? Enisa stutzte. Das gab es nicht, das konnte nicht wahr sein. Seit vielen Jahren sprach sie mit ihrer Großmutter darüber, wie großartig es wäre, in dieses Land und an die Schule der Tierflüsterer berufen zu werden. Dabei war es anfangs nicht einmal Enisa selbst gewesen, die darauf gehofft hatte, sondern Großmutter Leila. Seit sie ein kleines Mädchen gewesen war, hatte sie immer wieder von der Legende der Tierflüsterer gehört. In Gesprächen am Lagerfeuer in den langen Nächten in der Wüste und in Unterredungen mit Freundinnen.

Enisa, du bist berufen. Du sollst Tierflüsterin in Whisperworld werden.

Enisa sah zu dem bunten Vogel. Kein Zweifel, sein

Schnabel hatte sich bewegt. Er hatte mit ihr gesprochen!
Vor Schreck ließ sie Sultans Führstrick los, was das
Trampeltier wohl als Aufforderung verstand. Mit weit
vorgestrecktem Kopf rannte es mitten hinein in den Souk,
in die verzweigten Gassen des Marktes.
Enisa stieß einen gellenden Pfiff aus. „Sultan! Komm
zurück!"
Doch das Tier scherte sich nicht um ihre Anweisung.
Fassungslos sah Enisa ihm hinterher. Sie war viel zu
perplex, um Sultan zu folgen. In ihrem Kopf jagten die
Informationen hin und her; ihr Gehirn verarbeitete das
fliehende Kamel, den sprechenden Vogel, die Erwähnung
von Whisperworld, ihre Großmutter, die Schule der
Tierflüsterer … und dann rannte sie endlich los. Sie jagte
Sultan in einem Affentempo hinterher, schnaufte, keuchte,
bis ihre Lungen zu platzen drohten. Gleichzeitig malte
sie sich aus, was das Tier wohl gerade auf dem Markt

anrichten mochte. Sie dachte an die Stände, die Sultan umrennen könnte, die zertretenen Waren, an das Geld, das die Kaufleute von ihrem Vater verlangen würden und das sie nie im Leben würden aufbringen können. Alles ihre Schuld!

Längst konnte sie Sultan nicht mehr sehen. Sie hatte ihn im Gewirr der Gassen verloren, er schien wie vom Erdboden verschwunden, in Luft aufgelöst …

bis mit einem Mal ein kleiner, etwas rundlicher Mann mit Brille vor ihr stand. Hinter ihm Sultan, dessen Führstrick der Mann hielt, als hätte er nie etwas anderes getan.

„Kann es sein, dass dieses stattliche Baktrische Kamel dir gehört?“ Er grinste von einem Ohr zum anderen.

„Verflixt flink. Sie sind kaum zu bändigen, wenn sie erst mal losrennen.“ Er drückte Enisa den Strick in die Hand.

„Mein Name ist Max. Wir sehen uns, Enisa. Bis bald.“

Mit diesen Worten verschwand er in einer der kleinen

Gassen, bevor Enisa reagieren konnte. Dabei hatte sie so viele Fragen! Woher kannte dieser Max ihren Namen? Woher wusste er, dass Sultan zu ihr gehörte? Und – wieso würden sie sich wiedersehen?

Am liebsten wäre das Wüstenmädchen dem Mann hinterhergesprungen, aber das war unmöglich. Dafür hätte sie Sultan einfach stehen lassen müssen. Eine absurde Idee. Stattdessen streichelte Enisa das Trampeltier, denn ohne es wäre ihr Vater als Kameltreiber völlig aufgeschmissen. Sultan war sein zuverlässigster Partner und Enisa musste auf das Tier aufpassen, egal, was passierte.

Erschöpft von der Aufregung vergrub Enisa ihr Gesicht in Sultans Fell. Dabei entdeckte sie die Papierrolle, die mit einem feinen Band an seinem Hals befestigt war.

Hektisch sah sich Enisa um, ob ihr Vater oder ihr Bruder schon in Sichtweite waren. Glücklicherweise noch nicht! Niemals hätte sie das Papier vor ihnen verbergen können,

wären sie in der Nähe gewesen. Erleichtert faltete Enisa das Papier auseinander und las:

Whisperworld ruft dich!
Enisa Malouf,
du wurdest auserwählt zur Tierflüsterin.
Bedrohte Tierarten brauchen deine Hilfe!
Wir treffen uns am 8. April um 18 Uhr auf dem Flughafen Beagle Cove. Bereite dich auf einen langen Flug und anschließenden Fußmarsch vor.
Eine Ausrüstung erhältst du von uns.
Kein Handy, keinen PC, keinerlei Technik.
Das Abenteuer beginnt, sei bereit!

Enisas Herz raste. Konnte es sein, dass ihr Wunsch wahr wurde? Würde sie tatsächlich weiter zur Schule gehen können, wenn auch in einem ganz anderen Teil der Welt? Ungeachtet der Umgebung und der zahlreichen Menschen, die hier im Souk unterwegs waren, ließ sich Enisa auf die Knie fallen und lachte schallend, wie von einer schweren Last befreit.

Ihr Leben würde doch nicht den eingetretenen Pfaden ihrer Eltern und Geschwister folgen. Sie würde dem Ruf nach Whisperworld folgen, davon konnten ihr Vater und Hakim oder ihre anderen Brüder sie nicht abhalten.

Enisa würde das Schreiben mit Großmutter Leila besprechen – und nur mit ihr. Denn Enisa war sich sicher, dass die Großmutter sich mit ihrer Meinung durchsetzen würde. Auch gegen Widerstände. Enisa würde eine Tierflüsterin werden.

Die Chroniken von Whisperworld

Aufzeichnungen von Salomon Noa

Mandulara, im Mai 1924

Es ist ein Wunder und ich bin unendlich stolz auf meinen Vater Alexander Noa. Trotz seines beachtlichen Alters begleitet er mich auf dieser kräftezehrenden Reise durch Mandulara. Die Liebe zu den Tieren und die Sorge um den Schutz der verschiedenen Arten in Whisperworld scheinen ihm ungeheure Kräfte zu verleihen. Er lässt es sich nicht nehmen, die ausgedehnte Savannen- und Graslandschaft mit mir in der gebotenen Gründlichkeit zu erforschen und zu kartografieren. Ich kann mich in meinen Notizen nur wiederholen: Flora und Fauna von Mandulara sind atemberaubend! Diese Übergangszone zwischen Regenwald und Eiswüste bietet mit ihren unendlichen Grasgebieten Millionen von großen und kleinen Lebewesen Nahrung und Heimat. Wir begegnen Antilopen, Nashörnern, Geparden und Löwen, Wüstenluchsen, Erdmännchen und schillernden Käfern – um nur einige zu nennen. Die Vielfalt ist über alle Maßen beeindruckend.

In Mandulara leben auch die größten Landsäugetiere unserer Erde: Elefanten und Giraffen aller Art. Mit ihren langen Beinen sind Letztere bestens für kilometerlange Wanderungen ausgestattet, sie erreichen selbst die höchsten Futterstellen. Wunder der Natur!

Inzwischen haben Vater und ich ein Sammelwerk über die hier lebenden Tiere verfasst. Es umfasst diese genauso wie die ausgestorbenen Arten, die zu unserem großen Glück in Whisperworld weiterleben, und die fantastischen Tierwesen.

Lediglich an meiner heutigen Exkursion konnte Vater aus gesundheitlichen Gründen nicht teilnehmen, den Abstieg in die Simari-Schlucht wollte er nicht wagen. Dass ich im Nachhinein höchst erfreut darüber bin, darf ich ihm nicht *preisgeben. Ebenso wenig wie meine Entdeckung der seltsamen Löcher, die in die Wände der Schlucht gebohrt sind. Nicht von Menschenhand, wohlgemerkt! Es müssen Tiere dort hausen, die ungeheuer groß sind und die die Dunkelheit schätzen. Wenn mich mein Auge bei der Untersuchung eines dieser Löcher nicht getäuscht hat, dann muss es sich bei der unbekannten Spezies um gigantische Würmer oder ähnliche wirbellose Tiere handeln. Mit Sicherheit möchte ich dies jedoch nicht behaupten, denn es war lediglich ein kurzer Moment der Begegnung. Zu kurz, um Vater möglicherweise mit Falschinformationen zu beunruhigen. Zu kurz, um Gewissheit zu haben. Dennoch eindrücklich genug, um dem Ganzen bei nächster Gelegenheit allein auf den Grund zu gehen. Ich werde versuchen, so bald wie möglich nach Mandulara zurückzukehren und das Geheimnis der Simari-Schlucht zu lösen.*

Kapitel 1

Wichtige Vorbereitungen

„Stopp, Tierflüsterer, wir sind am Affenbrotbaum angekommen. Bitte alle stehen bleiben und neben mir aufstellen."

Grinsend beobachtete Enisa, wie Lady Poppy die aufgedrehten Schimpansen wegscheuchte, die ihnen seit dem Aufbruch vom Hauptquartier folgten. Die große Frau mit den langen schwarzen Haaren fuchtelte dazu wie wild mit den Armen. Amy, Coco, Chuck, Paul und Mohit mussten lachen. Immer wieder war einer der Schimpansen auf die Schultern der Mädchen oder Jungen gesprungen, hatte sie scherzhaft an den Haaren gezogen oder sie mit verrückten Grimassen zum Lachen gebracht.

„Ummi, jetzt verzieh dich endlich mit deinen Kumpels. Deine Freundin Enisa hat keine Zeit für dich", schimpfte Lady Poppy. „Wir machen hier Unterricht."

Enisa wuschelte Ummi, der um ihre Beine strich, kurz übers Fell. Der Schimpanse trommelte noch einmal auf

den Boden, dann machte er sich davon. Die anderen Affen folgten ihm.
Es stimmte, dass der Schimpanse gerne Zeit mit Enisa verbrachte. Seit Kurzem wohnte sie nicht mehr bei Amy und Coco im Runden Haus, dem Baumhaus der beiden Mädchen. Nach Chucks Rauswurf aus Whisperworld hatte sie sich einsam gefühlt. Deshalb war sie aus dem Baumhaus, das sie bei ihrer Ankunft für sich allein ausgewählt hatte, zunächst zu den Freundinnen gezogen. Für einige Wochen hatte Enisa deren Gesellschaft genossen, das gemeinsame Zubettgehen, ihr gleichmäßiges Atmen in der Nacht. Doch dann war ihr der tägliche Trubel zu dritt zu groß geworden. In Absprache mit Amy und Coco war sie nun wieder in ihr Piratenhaus gezogen und wohnte allein. Enisa, die aus einer Familie mit zahlreichen Kindern stammte, genoss die Ruhe dort. Besuch konnte jederzeit kommen und auch gern wieder gehen, nur Ummi durfte bleiben. Und jetzt hatte sie der aufgedrehte Schimpanse mit seinen Affenfreunden sogar bis zum Affenbrotbaum begleitet. Was für ein anhänglicher kleiner Kerl!
Lady Poppy, die an der Schule der Tierflüsterer für die

Pflanzenkunde zuständig war, hatte heute den Unterricht tief in den Dschungel verlegt. Eine willkommene Abwechslung.

„Seht euch den Baum genau an, fühlt seine dicke Rinde, spürt, wie furchig sie ist, wie stark die Vertiefungen darin sind“, forderte Lady Poppy die Mädchen und Jungen auf.

Noch nie in ihrem Leben hatte Enisa einen so breiten Baum gesehen. Das Gewächs auf der kleinen Lichtung im Deepwood hatte einen relativ kurzen Stamm und merkwürdig geformte Äste. Der Baum sah aus, als hätte ihn ein Riese mutwillig aus dem Boden gerissen und dann verkehrt herum in die Erde gesteckt, mit den Wurzeln nach oben.

„Der Baum, den ich euch heute vorstelle, heißt Affenbrotbaum. Er wächst in vielen Gebieten von Whisperworld, deshalb ist es wichtig, dass ihr euch gut mit ihm auskennt. Man nennt ihn auch *Baobab* oder *Baum des Lebens*“, erklärte Lady Poppy. „Nahezu alle Teile des Baobabs könnt ihr verwerten. Die Früchte und Blätter sind essbar, sie sollen unter anderem bei Zahnschmerzen helfen. Aus den Wurzeln gewinnt man Farbstoff. Beides habe ich allerdings noch nicht ausprobiert.“

Enisa lehnte ihren Kopf an den kühlen Stamm und strich mit den Fingern über die gekerbte graubraune Rinde. Der Baum faszinierte sie, er hatte beinahe etwas Magisches.

„Er ist … irgendwie besonders", sagte sie leise.

„Stimmt, Enisa. Besonders dick", witzelte Chuck.

„Wirklich ein fetter Brummer", schob Nashornkäfer Jerry hinterher, der wie fast immer auf Chucks Schulter saß. Damit hatten die beiden mal wieder die Lacher auf ihrer Seite.

Enisa dagegen verstummte und senkte den Kopf, weil Chuck mal wieder einen Witz auf ihre Kosten gemacht hatte. Vor allem aber ärgerte sie sich über sich selbst, weil ihr keine freche Antwort eingefallen war.

Langsam umrundeten Amy, Coco, Chuck, Mohit und Paul den Baobab.

Enisa schloss sich ihnen nicht an, sie sammelte lieber ein paar der ovalen Früchte auf, die auf dem Boden lagen.

„Lass dich von Chuck nicht ärgern", raunte ihr Lady Poppy zu und hob ebenfalls einige Früchte auf. „Ich habe das Gefühl, dass du die Bemerkungen der anderen in letzter Zeit zu ernst nimmst. Sei selbstbewusster, Enisa, das kannst du. Ihre Frotzeleien sind nicht böse gemeint, also lach lieber mit. Das ist die bessere Strategie."

Enisa blinzelte die Lehrerin dankbar an. Seit ihrer Expedition nach Dragonland und dem Rückflug auf Galiand, Saphira und Tiff in den Deepwood hatte sich Enisa häufig mit Lady Poppy über die Dracoferi, die drachenartigen magischen Tierwesen, unterhalten. Zu gern wäre die Lehrerin auf dem Tafelberg dabei gewesen, als die Tierflüsterer Galiand vor Devin Dolor gerettet hatten. Enisa hatte Lady Poppy jedes Detail des Abenteuers genau berichten müssen. Im Gegenzug hatte die Lehrerin dem Mädchen ausführlich von den verschiedensten Pflanzen im Dschungel erzählt, was Enisa unglaublich faszinierend fand.

„Kann der Affenbrotbaum nicht irrsinnig viel Wasser speichern? Habe ich mal irgendwo gelesen", fragte Coco. Sie hatte sich mit einem ihrer Notizbücher im Schneidersitz auf den Boden gehockt und begann, den Baobab zu zeichnen.

„Wenn ich doch nur auch so gut malen könnte." Amy sah ihr über die Schulter. „Bei mir sieht alles aus, als hätte eine Zweijährige zum ersten Mal einen Stift in der Hand."

„Du übertreibst, Amy", meinte Mohit.
Amy schnalzte mit der Zunge. „Übertreiben macht anschaulich."
„Setzt euch bitte mal alle hier zu mir." Lady Poppy klopfte auf den Boden neben sich. „Ich bin noch lange nicht fertig mit meinen Erklärungen, der Unterricht geht weiter."
Enisa beobachtete, wie Paul mit den Augen rollte. Pflanzenkunde war nicht unbedingt sein Lieblingsfach, das wusste sie. Widerwillig kauerte er sich neben Enisa. Amy, Coco, Chuck und Mohit folgten.
„Es kann euch immer wieder passieren, dass ihr in Whisperworld unterwegs seid und Material zum Tragen oder Verschnüren von Dingen braucht. Dann seid ihr beim Baobab genau richtig", sagte Lady Poppy. „Der Baum ist ziemlich robust und wächst, wie schon erwähnt, in einigen Landschaften von Whisperworld. Wenn man die untere Rinde abschält, kann man aus den Fasern Seile machen."
„Geht der Baum dabei nicht kaputt?", fragte Mohit.
Lady Poppy schüttelte den Kopf. „Davon erholt er sich rasch wieder. Wenn Elefanten allerdings ihre Stoßzähne in den Stamm rammen, um an das darin gespeicherte Wasser zu kommen, wird es kritisch. Daran geht so mancher

Baobab zugrunde." Und zu Coco gewandt fügte sie hinzu: „Du erinnerst dich richtig, Coco, Baobabs können Tausende Liter Wasser über Monate speichern."
„Is ja krass!" Chuck pfiff anerkennend durch die Zähne.
Lady Poppy hob eine der Früchte in die Höhe, die sie mit Enisa gesammelt hatte, und klopfte darauf. „Steinhart. Durch die holzähnliche Schale bleibt das Fruchtfleisch über Monate frisch. Bester Proviant für eine Reise oder einfach ein gutes Essen." Sie sah in die Runde. „Und? Wie kommt man ans Fruchtfleisch?"
Stille.
Keiner wusste die Antwort.
„Mit 'ner Machete vielleicht?" Chuck grinste in die Runde.
Lady Poppy hob die Brauen. „Blöd nur, dass ihr keine Macheten bei euch tragt. Und nie tragen werdet. Wir wollen schließlich nicht, dass ihr euch die Finger abhackt."
„Dann nehme ich Silvester mit, damit er mir die Frucht öffnet." Amy zuckte mit den Schultern. „Der hat nämlich meistens eine Machete dabei."
Enisa bemerkte, wie Lady Poppy bei der Erwähnung von Silvesters Namen zusammenzuckte. Kein Wunder! Seit Tagen wartete die ganze Schule auf Nachrichten von

ihm. Nachdem der Lehrer mit seinem Nebelparder Koru nach Mandulara aufgebrochen war, um Devin Dolor zu suchen, gab es zunächst immer wieder Berichte von den Wandertauben. Sie fungierten als Postboten zwischen Doktor Noa im Hauptquartier der Tierflüsterer und Silvester. Doch jetzt hatte es schon seit einiger Zeit kein Lebenszeichen mehr von dem Lehrer gegeben und das versetzte alle in große Unruhe. Ausgerechnet jetzt, wo auch Max mit dem Karolinasittich Lola unterwegs war, um einen neuen Tierflüsterer zu berufen.

„Man könnte die Frucht auf einem Stein aufschlagen", überlegte Mohit laut.

Lady Poppy nickte. „Versucht's mal. Da vorne ist einer." Sie deutete auf die Früchte des Affenbrotbaumes. „Jeder kann sich eine nehmen und es ausprobieren."

Es dauerte eine Weile, bis Enisa ihre Frucht aufgebrochen hatte. Darin lagen staubige weiße Kerne. Sie erinnerten an hart gewordene, faserige Watte, gepudert mit Mehl.

Enisa verging der Appetit.

„Probiert sie ruhig." Lady Poppy nickte aufmunternd.

Amy zögerte. „Das sieht nicht sehr appetitlich aus, finde ich. Eher … staubtrocken."

Paul nahm einen Kern, steckte ihn misstrauisch in den Mund, kaute, lutschte und lächelte. „Schmeckt wie eine süße Zitrone."

„Gar nich schlecht", meinte auch Chuck.

„In der afrikanischen Volksmedizin werden die Früchte und Samen des Affenbrotbaumes beispielsweise bei Fieber, Zahnschmerzen oder Magenproblemen eingesetzt", erklärte Lady Poppy.

Enisas Augen weiteten sich. In den letzten Monaten hatte sie großen Gefallen an allen medizinischen Handgriffen und Heilpflanzen gefunden. Der Unterricht heute machte ihr Spaß, sie war ganz in ihrem Element.

„Weiter geht es. Ich möchte euch noch eine Pflanze zeigen, die viele Eigenschaften hat." Lady Poppy stand auf und klopfte sich den Staub von der Hose. Kaum stand sie, sauste die Horde Schimpansen wieder auf die Schüler zu, gefolgt von einem Luchs.

„Enja?" Coco lächelte. „Was machst du denn hier?"

„Oh Mann, was für ein Kindergarten", stöhnte Amy. „Der kleine Ummi folgt seinem Liebling Enisa, Jerry ist mit Chuck praktisch schon zusammengewachsen und jetzt kommt auch noch Cocos Luchsin dazu. Boah!"

Erstaunt sah Enisa, wie Amy genervt ein Stück von der Gruppe wegstapfte, in einen unübersichtlichen Teil des Dschungels.
Auch Lady Poppy sah ihr aufmerksam nach, ließ das Mädchen aber gewähren. Inzwischen wussten alle, wie sie sich im Deepwood verhalten mussten. Amy brauchte wahrscheinlich einen Moment Ruhe, dann würde sie sicher zurückkehren.
„Was ist denn mit der los?" Paul starrte Amy mit offenem Mund nach. So kannte er sie gar nicht. Amy war sonst immer witzig und für jeden Spaß zu haben.
Chuck pulte sich lässig den Dreck unter den Fingernägeln hervor. „Vielleicht is sie nur neidisch? Vergesst nicht, dass sie immer noch keine Tierflüsterin is … also … ich mein, dass sie noch nich das Flüstern gehört hat." Er streichelte Jerry über die harten Deckflügel. „Könnt ich sogar verstehn. Ging mir auch so, bevor mich die Nashornkäfer gerufen haben."
Mohit dachte an seine Miracorns und nickte. „Wir sollten mehr Rücksicht nehmen." Und mit einem kurzen Blick zu Enisa fügte er hinzu: „Also, diejenigen, die schon berufen wurden."

Enisa biss sich auf die Lippe. Ertappt! Aber niemals würde sie das so deutlich zeigen wie Amy. Irgendwie bewunderte sie Amys Mut und ihre ungefilterten Reaktionen. Sie trug ihr Herz auf der Zunge, im Gegensatz zu Enisa.

Lady Poppy seufzte. Amy war mittlerweile schon einige Zeit verschwunden. „Wartet einen Moment." Mit energischen Schritten verschwand sie.

Enisa, Coco, Chuck, Mohit und Paul warteten. Eine ganze Weile. Ziemlich lang. Bis Lady Poppy und Amy gut gelaunt aus dem Dschungel zurückkehrten.

„Sorry, Leute!" Amy legte den Kopf schief und lächelte.

Coco lief sofort auf die Freundin zu und hakte sich bei ihr unter.

„Du hast recht, Enja muss nicht überall dabei sein. Ich habe sie gebeten, uns während des Unterrichts nicht zu stören."

Lady Poppy drückte Paul eine Karte und einen Kompass in die Hand. „Möchtest du uns zum kleinen Hügel führen?" Sie tippte auf ein rotes Kreuz, das in die Karte eingezeichnet war. „Ich glaube, du kannst das am besten."

Mit einem kurzen Seitenblick stellte Enisa fest, dass Paul ein bisschen rot wurde. Es kam nicht häufig vor, dass die

Lehrerin einen Schüler lobte. Meist war Lady Poppy eher zurückhaltend, nickte höchstens mal mit dem Kopf oder hob den gestreckten Daumen.

„Okay, dann … äh … also, folgt mir einfach“, nuschelte Paul und setzte sich in Bewegung.

Es war eine strapaziöse Wanderung durch den dichten Dschungel, bis sie einen kleinen Hügel erreichten. Staunend sah Enisa sich um. Wie immer war das Licht im Deepwood gedämpft vom beinahe blickdichten Dach aus Blättern. Der leicht süßliche und fruchtige Geruch zahlreicher Blüten schwebte zwischen den Dschungelbäumen. Herumtollende Affen kreischten, Vögel sangen ihr vielstimmiges Konzert, Insekten surrten und summten. Zur Überraschung von Lady Poppy und ihren Schülern wartete Doktor Noa mit Carlos und Iggy schon am Zielort auf sie.

Rooooaaaar!

Mit einem kehligen Brüllen begrüßte der Löwe die Mädchen und Jungen.

Schrrrrrrr!

Auch der Blaue Leguan wollte sich wohl bemerkbar machen und fauchte energisch.

„Hallo, ihr alle!“ Eleonor Noa winkte. „Ich habe gedacht, dass ich deine Idee aufgreife, Poppy, und dass wir die Tierkunde heute auch im Freien machen. Gleich nach deinem Unterricht. Bist du schon fertig?“

Lady Poppy hob die Hand. „Nur noch ein paar Minuten, Eli.“

Wieder ließ sie die Jungen und Mädchen einen Halbkreis bilden, diesmal an einem Feld voller fleischiger Kakteen, die rötliche, erdbeerähnliche Früchte an den Blattspitzen trugen.

„Hier seht ihr Feigenkakteen“, erklärte Lady Poppy. „Sie können bis zu sechs Meter groß werden. Ihre Früchte sind essbar und sehr gesund.“

„Diese Stachelbeeren?“ Chuck verzog das Gesicht.

„Wir nehmen ein paar mit und testen sie heute Abend“, antwortete Lady Poppy. „Wichtig für euch ist aber noch, dass der Feigenkaktus auch Medizin enthält: Das Gel in den fleischigen Blättern könnt ihr bei Magenproblemen verwenden, der Saft der Früchte hilft gegen Brandwunden.“

Feigenkaktus gegen Magenprobleme und Brandwunden, Baum des Lebens mit Früchten gegen Zahnschmerzen und

Infekte … Fieberhaft versuchte Enisa, sich jedes noch so kleine Detail zu merken. Noch ahnte sie nicht, wie wichtig ihr Wissen für die Gruppe werden würde.

„Hoffentlich muss ich die Stacheldinger nie entsaften“, meinte Paul. „Lieber gehe ich in die Apotheke.“

„Die Natur ist eure Apotheke, du Scherzkeks, darum sind wir hier. Solches Wissen kann lebenswichtig sein! Das müsstest du eigentlich aus den vielen Survivalbüchern wissen, die du gelesen hast, Paul.“ Lady Poppy verbeugte sich lachend. „Das war’s auch schon für heute. Und jetzt weiter mit dir, Doc. Ich bin gespannt!“

„Ich will gar nicht um den heißen Brei herumreden“, begann Doktor Noa. „Ihr wisst, dass Devin Dolor zum letzten Mal in Mandulara gesichtet wurde. Und dass Silvester und Koru dorthin aufgebrochen sind, um nach ihm und seiner Komplizin zu fahnden.“ Sie schluckte. „Leider gibt es zurzeit keinen Kontakt zu Silvester. Das macht uns ziemlich nervös. Die Zeit drängt. Sobald wir unsere Vorbereitungen abgeschlossen haben, wollen wir so schnell wie möglich nach Mandulara aufbrechen.“

„Und ihr kommt natürlich mit.“ Lady Poppy sah einen nach dem anderen aufmunternd an.

Jubel brandete auf.
„Ich freue mich", sagte Amy, die ihre gute Laune zurückgewonnen hatte. „Keine Sorge, wir finden Silvester!"
„In der Savanne gibt es sicher faszinierende Arten", vermutete Coco.
„Mandulara ist vor allem ein Lebensraum für große Tiere", antwortete Doktor Noa. „Dort leben Elefanten und alle Arten von Giraffen, Nashörnern, Flusspferden, Antilopen, Büffeln. Dazu jede Menge Primaten, faszinierende Insekten wie Termiten, Käfer ..."
„Jawoll!", meldete sich Jerry und drehte flatternd eine Runde vor den Gesichtern der Mädchen, Jungen und ihrer Lehrerinnen. „Wir Hexapoden sind die Coolsten. Also passt gut auf uns auf!"
„Hört, hört." Chuck applaudierte belustigt.
„Hexapoden? Was sind das noch mal?", flüsterte Amy Coco zu.
„Sechsfüßer", wisperte Coco zurück. „Also auch Käfer."
„Danke für deinen wichtigen Redebeitrag, Jerry." Doktor Noa zwinkerte dem Nashornkäfer zu. „In gewisser Weise hast du recht. In Mandulara gibt es etliche Tiere, die unseren besonderen Schutz brauchen."

„Meine Schwarzspitzen-Riffhaie zum Beispiel“, bemerkte Paul stolz.
„Genau wie meine Luchse“, fügte Coco hinzu.
„Vielleicht ist auch endlich mal eins für mich dabei“, platzte es aus Amy heraus.
Als sie in die betretenen Gesichter der anderen sah, murmelte sie leise: „Ich mein ja nur.“
Doktor Noa legte ihr freundschaftlich die Hand auf die Schulter. „Ich kann dich beruhigen, Amy. Glaube mir, jede und jeder von euch bekommt sein Tier. Bei manchen geht es schnell, bei anderen dauert es ein bisschen länger. Vielleicht waren wir einfach noch nicht in dem Teil von Whisperworld, in dem deine Art lebt? Wer weiß, was uns in Mandulara erwartet?“
„Ja, wer weiß?“, murmelte Enisa.
Und dann hörte sie, genau wie alle anderen, gespannt zu, was Doktor Noa über die verschiedenen Tiere von Mandulara erzählte. Das tat die Schulleiterin so überzeugend und spannend, dass Enisa es nach zwei Stunden kaum erwarten konnte, endlich die neue Expedition in die Savanne und zur Simari-Schlucht zu beginnen.

Kapitel 2

Konkurrenz am Felsen

Am nächsten Morgen ließ Mohit beim Frühstück im Speisesaal beinahe sein Fladenbrot fallen, als er Madus lautes Tröten hörte.
„Oh! Was ist denn jetzt los?“
Er ahnte nicht, dass der Elefant mit seinem Ruf die Ankunft einer Wandertaube im Deepwood ankündigte. Erst als der Vogel mitten auf dem Frühstücktisch landete, verstand Mohit Madus Freudenschrei.
„Endlich!“ Doktor Noa seufzte. „Ruh dich aus, meine Liebe, dann berichte von Silvester und Koru.“ Sanft streichelte sie dem Vogel über die bläulich-schiefergrauen Federn.
Gurrruuuuu!, machte die Taube mit geschlossenem Schnabel und aufgeplustertem Gefieder.
Mohit lehnte sich vor, um ihre Sprache verstehen zu können.
Was hatte Doktor Noa erklärt?

Kommunikation zwischen Mensch und Tier funktioniert nur dann, wenn man eine persönliche Beziehung herstellt. Lass das Tier dein Lehrer sein! Achte auf seine Körpersprache, sein Verhalten, die Tonlage, den Blick. Dein Gegenüber redet mit dem ganzen Körper. Denk nur an dieses Wesen, sei ihm in Gedanken ganz nah!

„Silvester schickt mich", hörte Mohit die Taube gurren. „Ihr sollt euch aufs Klettern vorbereiten. In Mandulara ist irgendetwas seltsam. Silvester ist an der Simari-Schlucht. Er will sie sich näher ansehen. Gefahr droht."

„Gefahr droht? Das … hört sich nicht gut an", antwortete Doktor Noa. „Hoffentlich macht Silvester keine riskanten Alleingänge. Er sollte doch nur herausfinden, ob Devin sich dort aufhält. Der Plan war, dass er dann sofort zurückkommt und dass wir gemeinsam in Mandulara nach dem Rechten sehen."

„Jetzt wart's erst mal ab." Lady Poppy hob beschwichtigend die Hände. „Silvester ist zuverlässig, er wird schon noch kommen."

Doktor Noa hob die Teetasse, ihr Blick war ins Leere gerichtet. „Eigentlich wollte Silvester bald zurück sein und mit euch das Klettern üben. Das braucht ihr, um die

Schlucht zu erforschen.“ Sie sah Amy, Coco, Chuck, Enisa, Mohit und Paul der Reihe nach an. „Und jetzt?“

Lady Poppy stand auf. „Ich übernehme das, Eli. Ich habe ebenfalls die Ausbildung zur Kletterlehrerin gemacht.“

„Das würdest du tun? Du hast doch sonst schon jede Menge Arbeit.“ Doktor Noa sah ihre Cousine prüfend an.

„Alles gut, ich kriege das hin. Dann legen wir am besten gleich heute mit der Ausbildung los, ich hole die Ausrüstung.“ Lady Poppy wandte sich an die Tierflüsterer: „Lasst uns so schnell wie möglich aufbrechen. Packt bequeme Kleidung ein, leichte Turnschuhe und auch etwas Warmes. Wir werden die Nacht in den Mondscheinbergen verbringen. Die Tiere der Tierflüsterer bleiben diesmal hier. – Alle!“ Sie zwinkerte Mohit zu. „Wir können keine Ablenkung brauchen, das wird ein echter Crashkurs. In zwei Stunden treffen wir uns unterm Torbogen.“

Eilig trugen Amy, Coco, Chuck und Mohit das Frühstücksgeschirr ab und spülten. Enisa und Paul packten Proviant für die Reise zusammen. Inzwischen saß jeder Handgriff, der vor einer Exkursion gemacht werden musste.

Voller Vorfreude schlenderte Mohit mit Amy und Coco

zu den Baumhäusern. Enisa, Paul und Chuck waren schon vorausgelaufen.
„Oh my God!", seufzte Amy. „Ich wusste ja, dass wir als Tierflüsterer jede Menge lernen müssen. Aber muss es unbedingt Klettern sein?"
„Ich find's schön, dass es in die Mondscheinberge geht." Coco hüpfte vergnügt den Pfad entlang. „Enja ist noch dort, sie wird erst in einigen Wochen aus ihrer Höhle nach Dragonland umziehen. Wenn Adin etwas größer ist. Ich weiß ja, dass ich Enja jetzt nicht treffen kann. Aber ich finde es einfach schön, dass sie irgendwo in meiner Nähe ist."
Mohit beobachtete, wie Amy bei Cocos Worten genervt die Augen verdrehte. So kannte er sie bisher gar nicht. Vielleicht hatte Chuck wirklich recht und sie war neidisch auf Cocos Berufung? Auf alle bisherigen Berufungen? Vielleicht sollte er mal mit Amy sprechen.

Lady Poppy nickte zufrieden, als Mohit und der Rest der Gruppe rechtzeitig am Treffpunkt eintrafen. „Sehr schön, alle sind pünktlich."
Madu, der Sumatra-Elefant, trug wie immer das Gepäck.

Er wartete neben dem Torbogen aus festem Tropenholz, in dessen Mitte ein Wappen angebracht war: links ein Leguan, rechts ein Löwe, in der Mitte ein Karolinasittich, eine in der übrigen Welt längst ausgestorbene Papageienart. Und darunter der Name

Whisperworld – Das Land der Tierflüsterer.

Von hier aus ging es zunächst über die Hängebrücke, die sich über den Indigobach spannte, dann nach Nordwesten. Aufmerksam beobachtete Mohit die Umgebung. Es war immer wieder ein unglaubliches Schauspiel, wie sich die Natur unterwegs veränderte. Der Baumbestand wurde lichter, statt der im Dschungel üblichen Meranti- und Magahonibäume säumten Tannen, Fichten und Kiefern den Weg. Der Untergrund bestand nun aus Laub, Nadeln und Rindenstücken. Auch waren in dieser Region andere Tiere unterwegs als im Deepwood: Feuersalamander und Schuppentiere, Eichhörnchen, Spechte und Murmeltiere. Nach einem strammen Marsch lagen die Mondscheinberge mit ihren schiefergrauen, kahlen Bergspitzen vor den Tierflüsterern. An einem glasklaren Bach in der Nähe einer etwa dreißig Meter hohen, zerklüfteten Wand aus Stein ließ Lady Poppy die Gruppe anhalten.

„Wir machen eine Weile Rast, bevor wir dort am Felsen mit dem Klettern beginnen. Befreit bitte Madu von seiner Last, ich muss die Sicherungshaken und einige andere Dinge vorbereiten."

Lady Poppy tauchte irgendwo zwischen den hohen Steinwänden ab und blieb eine ganze Weile verschwunden. Amy, Coco und Chuck kümmerten sich um das Gepäck, Mohit richtete mit Enisa und Paul ein Lager neben dem Bach her. Alle waren ziemlich erschöpft. Sie befreiten den Untergrund von Ästen, Zapfen und Steinen und legten einige Decken darauf. Das war so bequem, dass man sich dort gut ausruhen konnte.

„Ich brauch eigentlich gar keine Pause, ich könnt sofort loslegen", meinte Chuck großspurig. „Hab alles im Griff."

„Angeber", murmelte Amy.

Diese giftige Bemerkung musste Chuck erst mal verdauen. Mohit ahnte, dass sich hier gerade ein Streit anbahnte. Schon unterwegs hatten sich Amy und Chuck immer wieder darüber unterhalten, wer von ihnen wohl besser klettern würde.

„Was motzt die denn so rum?“, raunte Chuck Mohit zu. Weil Mohit ungern in ihre Auseinandersetzung verwickelt werden wollte, schloss er einfach die Augen. Er tat so, als hätte er nichts gehört, und träumte sich eine Weile weg. Die anderen Tierflüsterer aßen und tranken etwas und entspannten sich, bis Lady Poppy wieder erschien und energisch in die Hände klatschte.

„Es geht los! Zieht eure Turnschuhe an und probiert zunächst mal bitte die Helme aus, die sollten gut sitzen.“ Sie deutete zum Felsen, wo bereits verschiedene Seile, Klettergurte, Sicherungsgeräte und Sturzhelme lagen. „Für den Anfang steigt ihr zunächst ohne Gerät nach oben, nur ein paar Meter. Damit ihr ein Gefühl für die Höhe bekommt. Der Fels eignet sich auch ganz wunderbar für eine Prüfung … aber dazu später mehr. Jetzt möchte ich zunächst mal, dass ihr die Grundlagen des Kletterns lernt. Keine Angst, die Wand ist nicht allzu steil, es gibt viele Trittstellen. Silvester und ich klettern hier regelmäßig. Ich mache es euch mal vor.“

Geschickt packte die Lehrerin mit einer Hand einen Felsvorsprung, schob die andere in eine Kerbe, setzte einen Fuß auf ein hervorstehendes Stück Gestein, kletterte mit dem anderen auf ein höheres Felsstück, fasste mit den Händen nach neuen Griffmöglichkeiten und zog sich so nach und nach höher. Von Vorsprung zu Vorsprung, von Ritze zu Ritze, Kerbe zu Kerbe. Konzentriert, ruhig, besonnen.

„Is 'ne coole Socke, unsere Lady Poppy", meinte Chuck anerkennend.

Paul nickte. „Sieht machbar aus, kriege ich hin."

Amy krallte ihre Hand in Mohits Hemd. „Das schaffe ich nie!"

Mohit schüttelte den Kopf. „Doch, das schaffst du!"

Nach etwa zehn Metern machte sich Lady Poppy an den Abstieg. Genauso ruhig, wie sie hinaufgekraxelt war.

Sie lächelte den Tierflüsterern aufmunternd zu. „Klettert bitte nur so weit, dass ihr noch abspringen könnt, ohne euch zu verletzen. Ihr klettert gleichzeitig hoch. Verteilt euch an der Felswand. Sie bietet genug Platz und so können alle in Ruhe üben. Ich gebe euch Tipps."

Interessiert sah Mohit, wie Chuck sofort auf die Felswand zustürmte und ein Stückchen emporstieg, aber schnell den Halt verlor und absprang.

„Mist, Mist, Mist!", rief er verärgert.

Amy grinste spöttisch, wie Mohit mit einem Seitenblick feststellte. Merkwürdig, sonst war sie immer so gelassen.
„Fußarbeit ist wichtig, Chuck“, riet Lady Poppy. „Benutze deine Fußspitzen. Damit hast du viel mehr Gefühl und kannst auch auf kleinen Vorsprüngen stehen.“
Paul kletterte los. Er stellte sich recht gut an, hatte anfangs jedoch Probleme mit den Armen.
„Nicht so verkrampft, Paul. Mach die Arme lang, dann sparst du Kraft.“
Beide Anweisungen von Lady Poppy an seine Freunde setzte Mohit sofort um. Geschickt positionierte er die Füße, streckte die Arme aus, um Halt zu finden, zog sich in die Höhe, setzte die Fußspitzen auf und fühlte, wie ein Glücksgefühl seinen Körper flutete.
„Mohit, das sieht super aus, sehr sicher. Aber du bist schon zu hoch gestiegen, komm wieder runter.“
Geduldig verfolgte Lady Poppy die Übungen der Gruppe. Amys zitternde Knie waren nicht zu übersehen, ihre Handgriffe waren ungeschickt, das Gesicht angespannt, aber sie ließ nicht locker. Enisa und Coco gingen die Sache ruhig an und schafften es, ein ganzes Stück zu klettern. Nach einigen Versuchen riet Lady Poppy zu einer Pause.

„Mohit, du bist ein Naturtalent“, lobte sie.
„Klettern braucht nicht nur Kraft, sondern auch Bewegungsintelligenz und Koordination.“
Mohit war glücklich. Das Klettern hatte ihm unglaublich viel Spaß gemacht, am liebsten hätte er gar nicht mehr aufgehört. „Pfff. Ich war auch ganz schön weit oben“, maulte Chuck. „Fast so weit wie Mohit.“
„Nicht nur du, Großmaul“, gab Amy pampig zurück. „Ich auch!“
Lady Poppy hob die Brauen und sah Amy streng an.
„Sorry für das Großmaul“, murmelte sie.
„Wenn ihr wieder fit seid, steigt in den Klettergurt“, forderte die Lehrerin. „Man trägt ihn wie eine Hose, also die Beinschlaufen wie Hosenbeine, den Hauptgurt wie einen Gürtel. Denkt bitte dran: Das Seil ist nur zur Absicherung da, nicht, damit ihr euch daran hochzieht!“
Lady Poppy deutete nach oben. „Seht ihr die Haken im Felsen? Das sind …“
„… sogenannte Umlenker“, fuhr Paul dazwischen. „Weiß ich aus meinen Kletterbüchern.“
Enisa kicherte. „Gibt es irgendwelche Bücher, die du nicht auswendig gelernt hast?“

Belustigt streckte Paul der Freundin die Zunge heraus.

„Die Umlenker haben Silvester und ich hier angebracht. In je zwei von ihnen habe ich ein stabiles Kletterseil befestigt. Das hält einiges aus. Wir üben jetzt zunächst mal das Sichern. Amy klettert an dem Seil nach oben.“ Lady Poppy sah in die Runde. „Okay, Chuck sichert Amy, ich habe die Seile schon vorbereitet.“

„Oh Mann.“ Amy verdrehte die Augen.

„Aye, aye, Captain.“ Chuck tat, als würde er vor Amy salutieren.

Ungerührt redete Lady Poppy weiter: „Seht genau her: Ich binde ein Seilende mit einem festen Kletterknoten an Amys Gurt. Das andere Ende kommt in ein Sicherungsgerät und dann an Chucks Gurt. Dieses Gerät bremst das Seil bei einem Sturz, damit kann Chuck Amy auch wieder herunterlassen. Die beiden sind über das Seil miteinander verbunden. Der Sichernde ist sozusagen das Gegengewicht für den Kletterer, die beiden verlassen sich aufeinander. – So, jetzt überprüft ihr euch gegenseitig, ob alles passt.“

Etwas widerwillig folgten die beiden der Aufforderung.

„Dann los, Amy. Schaffst du es bis zum Umlenker?“

Trotz ihrer Unsicherheit kletterte Amy mit großer Kraft in die Höhe. Mohit merkte, wie sie sich immer wieder zu Chuck umsah. Nach etwa zwölf Metern konnte sie nicht mehr und gab erschöpft auf.
„Lass mich runter, Chuck!“, brüllte sie.
„Das war gut, Amy“, freute sich Lady Poppy, als das Mädchen wieder am Boden angekommen war.
Ihre Mitschüler applaudierten begeistert.
„Und jetzt ich“, forderte Chuck. „Eine meiner leichtesten Übungen.“
Er wurde von Paul gesichert, der seine Sache wirklich gut machte, obwohl Chuck einige Male von den Vorsprüngen glitt und abgefedert werden musste. Zur Überraschung aller scheiterte er genau an der Stelle, an der auch Amy hatte passen müssen.
„Jetzt Mohit“, gab Chuck vor, nachdem er wieder unten war.
„Klar, kein Problem“, meinte der. „Wer sichert mich?“
Enisa hob die Hand. „Ich mache das!“
Da die beiden ungefähr gleich groß und schwer waren, stimmte Lady Poppy zu. Kaum war Mohit am Felsen, kletterte er leichtfüßig über Vorsprünge, hielt sich kraftvoll

in Ritzen und an kleinen Überhängen fest. Er war mit seiner ganzen Konzentration bei der Sache und geriet in einen richtigen Flow. Wie von selbst fanden seine Hände und Füße die richtigen Tritte und Griffe. Für Mohit gab es jetzt nur noch sich selbst und die Route … ein irres Glücksgefühl. Ohne Probleme erreichte er das Ziel.
„Schwein gehabt", brummte Chuck, als Mohit mit breitem Grinsen zurückgekehrt war. „Das schaffe ich beim nächsten Mal auch. Locker."
„Das ist kein Wettbewerb, wir klettern doch nicht gegeneinander", gab Mohit zurück. „Ich freue mich einfach, weil …"
„Oh Mann, Chuck! Du nervst so mit deiner Prahlerei", platzte es aus Amy heraus. „Du kletterst nicht besser als ich. Und auf keinen Fall besser als Mohit!"
„Jetzt reicht es. Schluss mit den Streitigkeiten. Ich brauche keine Einzelkämpfer, ich brauche ein funktionierendes Team", unterbrach Lady Poppy die Auseinandersetzung. „Die Expedition nach Mandulara wird kein Spaziergang, Leute."
Sie sah zum Himmel. Die Sonne würde bald verschwunden sein, dann herrschte Dämmerlicht.

„Paul, Enisa und Coco machen jetzt auch noch ihre Versuche, dann kommt eure Prüfung. Ihr werdet an der Wand jeweils zu zweit in sogenannten Portaledges schlafen. Das sind schwebende Betten mit einer Art Zeltdach, die ich in die Wand einhänge. Madu hat sie für euch hierhergeschleppt. Wir müssen sie nur noch auspacken, dann bringe ich sie auf den Berg und befestige sie. Ihr solltet das wirklich hinkriegen, denn das ist die Voraussetzung dafür, dass Doc und ich euch mit nach Mandulara nehmen."

Ein überraschtes Raunen ging durch die Gruppe. Schlafen in schwebenden Zelten?

„Die Prüfung richtet sich vor allem an die Teams, die ich gleich benenne, aber auch an die gesamte Gruppe. Am Felsen hängend müsst ihr euch zu zweit in eurem Schwebezelt voll und ganz auf den Partner verlassen. Im Portaledge könnt ihr euch nicht aus dem Weg gehen. Natürlich seid ihr die ganze Zeit über mit Seilen gesichert. Keine Sorge, solche Übernachtungen in Schwebezelten werden inzwischen an vielen Bergen angeboten, auch für völlig ungeübte Bergsteiger! Zusätzliche Sicherungsseile liegen in den Schwebezelten, im Felsen sind genug

Haken für Notfälle angebracht." Lady Poppy fixierte einen Tierflüsterer nach dem anderen. „Verzichtet bitte auf Alleingänge und macht keine Faxen mit den Schwebebetten, das könnte böse enden!" Sie lächelte zuversichtlich. „Mal sehen, ob ihr das hinkriegt. Es ist eine Aufgabe, die ihr bewältigen könnt. Ihr müsst euch aufeinander verlassen und ich muss mich auf euch als Team verlassen. Wenn ihr eine Übernachtung geschafft habt, seid ihr für die Simari-Schlucht gewappnet. Wenn ihr nicht miteinander klarkommt, ruft mich. Dann habt ihr die Prüfung zwar nicht bestanden, aber dafür eure Ruhe."
Nachdem auch Paul, Coco und Enisa schon nach wenigen Versuchen recht passabel bis zum Umlenker aufgestiegen waren, machten sich die Tierflüsterer daran, die Schwebezelte auszupacken. Lady Poppy brachte sie mithilfe von Madu zur Bergspitze. Von dort oben ließ die Lehrerin ein Schwebebett nach dem anderen nach unten und befestigte jedes am steilen Felsen.
Bewundernd sah ihr Mohit von unten zu. „Das sieht cool aus. Wie Minizelte am Berg."
„Meinen Schlafpartner würde ich mir allerdings gern selbst aussuchen", sagte Amy spitz.

Statt einer Antwort streckte sich Chuck lässig und gähnte. Inzwischen dämmerte es bereits, der Abend in den Mondscheinbergen brach an. Zunächst zeigte Lady Poppy den Kindern, wie sie sich mit Karabinern und festen Bandschlingen am Berg verankern konnten. Danach, wie sie sich im Schwebebett zusätzlich sichern mussten.
„Auf die Helme dürft ihr beim Schlafen verzichten, wenn ihr euch gesichert habt", erklärte Lady Poppy. „Beim Klettern müssen die Dinger aber auf jeden Fall auf euren Köpfen sitzen!" Schließlich wurde ein Tierflüsterer nach dem andern von einem Partner oder einer Partnerin gesichert, bis er seinen Schlafplatz erreicht hatte. Zum Schluss sicherte Lady Poppy auch Mohit.
„Unglaublich!" Enisa hielt den Kopf aus dem Zelt. „Der Blick ist gigantisch!"
Nebeneinander, in knapp fünfzehn Meter Höhe, schwebten die Portaledges an der steilen Felswand. Jedes war mit Metallseilen an einem in die Wand gebohrten Haken befestigt und mit einem zweiten gesichert.
„Ziemlich luftige Angelegenheit, was?", rief Lady Poppy von unten. „Passt auf euch auf. Wenn etwas ist, ruft mich, dann seile ich euch ab. Aber erst bin ich eine Weile

unterwegs, ich muss mich um ein paar ungewöhnliche Geier hier in der Nähe kümmern. Ich schlafe später direkt unter euch."

Was die Tierflüsterer am Berg nicht mitbekamen: Lady Poppy wollte die Jungen und Mädchen auf keinen Fall ganz allein lassen, deshalb bat sie einen jungen Kojoten, aufzupassen. Das Tier sollte mit seinem Heulen sofort Bescheid geben, wenn es Probleme gab.

Nebeneinander lagen Mohit und Paul in ihren Schlafsäcken in luftiger Höhe und versuchten, sich so wenig wie möglich zu bewegen.

„Boah, ist das hoch", wisperte Paul.

„Ich glaube, mir wird schlecht", hörte Mohit Coco im Nebenzelt stöhnen.

Tatsächlich fuhr auch sein Magen gerade Achterbahn. Die ersten Minuten schwebend am Berg waren anstrengend für den Kopf, aber mit der Zeit gewöhnte sich Mohit an das leichte Schaukeln der Fläche und an die Höhe. Niemals würde Lady Poppy sie absichtlich in Gefahr bringen, das wusste er. Sie waren gut gesichert.

Mit klopfendem Herzen lag Mohit neben Paul und sah zum Horizont. „Irgendwie doch sehr schön, oder?"

Paul nickte. „Schön wackelig. Bei Gewitter oder Sturm will ich auf keinen Fall in so einem Ding liegen."

Mohit hob den Kopf und lauschte. „Hör mal, wie sich Amy und Chuck neben uns streiten. Meinst du, die kriegen sich wieder ein?"

„Besser wäre es. Auch für die Gruppe." Für einen Moment richtete Paul sich auf und lauschte den hitzigen Gesprächen von Amy und Chuck. Dann reichte er Mohit vorsichtig ein Brot und eine gefüllte Wasserflasche. „Guck mal, Abendessen. Hat Poppy hier in die Seitentasche gesteckt."

Mohit griff zu, sein Magen knurrte hörbar. Während er sich das Sandwich in den Mund stopfte, beobachtete er interessiert das Schwebezelt von Chuck und Amy. Die kleine Solarlampe, die schon im Inneren brannte, warf Schatten auf die beiden, die offensichtlich miteinander stritten.

„Mir doch egal, ob die Prüfung dann versaut ist!", rief Amy.

„Ich habe auch keinen Bock, hier mit dir zu pennen!", maulte Chuck.

Mohit beobachtete, wie Chucks Schatten mit der Faust

auf den Boden des Schwebezeltes hieb, und schaute beunruhigt zu den Haken in der Wand. Das Portaledge schaukelte hin und her, und ein Haken schien sich bei Amys und Chucks heftigen Bewegungen langsam aus dem Fels herauszuschrauben.

„Amy, Chuck!“, brüllte Mohit. „Hört auf zu streiten! Euer Schwebezelt kracht sonst runter!“

Doch die beiden reagierten nicht. Entweder hatten sie Mohit nicht gehört oder sie wollten ihn nicht hören. Auf und ab hüpfte das Zelt und riss an den beiden Haken, nach rechts und links, während die lauten Stimmen nebenan einen erbitterten Streit ausfochten.

„Jetzt reicht es.“ Paul packte einen seiner Schuhe und schleuderte ihn in hohem Bogen auf das Zelt von Amy und Chuck, wo er aufprallte und dann in die Tiefe stürzte.

„Dein Schuh …“, sagte Mohit fassungslos.

Paul nickte. „Musste sein. Hoffentlich bringt es was.“

Zwei Köpfe erschienen in der Öffnung des Nachbarzelts.

„Was war das?“ Amy sah zu Mohit und Paul. „Etwas ist auf unser Zelt gefallen, habt ihr was gesehen?“

„Nee, ich habe was geworfen“, antwortete Paul. „Meinen Schuh nämlich. Und jetzt liegt er unten am Boden.“

„Spinnst du?“, fauchte Amy. „Lasst uns einfach in Ruhe!“
„Kümmert euch um euren eigenen Kram“, schob Chuck hinterher.
Damit verschwanden beide wieder und zogen den Reißverschluss hinter sich zu.
„Hört doch mal zu!“, rief Mohit ungläubig. „Der Haken an eurem …“
Kratsch!
Mit einem hässlichen Geräusch hatte sich der Haken aus der Wand herausgeschraubt, war den Felsen hinabgefallen und auf dem Boden viele Meter unter ihnen aufgeschlagen.
„Hilfe!“, brüllte Amy panisch, während das Portaledge mit einem schabenden Geräusch ein Stück den Fels hinunterglitt, abrupt stoppte und vom zweiten Haken aufgefangen wurde.
Den Bruchteil einer Sekunde später schoben Amy und Chuck erneut den Kopf aus dem Zelt.
„Was passiert hier?“, schrie Chuck.
Schweißperlen liefen über Mohits Stirn, das Blut rauschte in seinen Ohren, aber er wusste, was jetzt zu tun war.
„Bleibt ruhig, bewegt euch möglichst wenig! Euer Zelt hängt nur noch an einem Haken!“

Er wandte sich an Paul. „Wir müssen was machen, Amy und Chuck stürzen sonst noch völlig ab. Ich bin nicht sicher, ob ein Haken allein ihr Zelt trägt. Und Poppy können wir nicht fragen, sie ist unterwegs. Also sichere ich sie zusätzlich an der Befestigung da drüben."

Sofort war Paul neben Mohit, folgte mit den Augen seinem gestreckten Zeigefinger und sah einen der zahlreichen Haken, die Lady Poppy und Silvester für die Übungen in den Fels gehauen hatten. Darunter schwankte das Schwebezelt von Amy und Chuck.

„Du willst doch nicht etwa hier rausklettern?" Pauls Stimme war so heiser, dass Mohit ihn beinahe nicht verstand.

„Genau das will ich." Mohit war bereits mit dem Seil, mit dem er gesichert war, und einem zweiten Seil auf einen kleinen Felsvorsprung getreten. Er hakte sich an einer neuen Stelle ein und stieg nun langsam, Zentimeter für Zentimeter, in die Lücke zwischen den beiden Zelten.

Eigentlich hatte er erwartet, dass seine Hände und Füße bei dem Manöver unkontrolliert zittern würden, aber dem war nicht so. Mohit war völlig ruhig.

Konzentriert hakte er ein Seil in den Haken über seinem

Kopf ein, schob sich dann zum Zelt der Streithähne hinüber und verankerte das Sicherungsseil auch dort. Dann kehrte er wieder zu seinem Zelt zurück. Beinahe hatte er es erreicht, als sein rechter Fuß den Halt verlor. Mohit trat ins Leere. Er begann zu schwanken, seine Hände fassten ins Nichts, er drohte abzustürzen, als plötzlich …

„Ich habe dich, Mohit“, hörte er Pauls beruhigende Stimme. „Ich halte dein Seil und ziehe dich jetzt ins Zelt zurück. Bleib locker, Kumpel.“

Mohit spürte, wie Paul fest an dem Seil um seinen Körper zog und ihn damit vorsichtig zurück ins Portaledge bugsierte.

Schwer atmend lag Mohit Sekunden später auf dem Zeltboden.

„Cooles Teamwork.“ Paul strahlte ihn an. „Du bist so was von mutig, echt!“

„Mohit!“, hörte er von draußen Amys Stimme. Sie klang ziemlich kleinlaut. „Du bist verrückt. Aber tausendmal danke! Ab jetzt sind wir mucksmäuschenstill, versprochen!“

Mohit setzte sich auf und blickte nach draußen. „Alles gut. Schaut euch lieber mal den Sonnenuntergang an, der ist megatoll.“

Paul nickte. „Echt krass." Er deutete vorsichtig zu einem Baum in Sichtweite. „Ist das da drüben nicht ein Geier? Diese Vögel haben uns doch schon häufiger beobachtet. Und der starrt eindeutig zu uns her. Oder sehe ich jetzt Gespenster?"

Als hätte der seltsame Vogel mit dem fast kahlen Hals Pauls Bemerkung gehört, erhob er sich in die Luft, kreiste eine Weile über den Schwebezelten und flog dann davon.

„Ein Vogel von vielen." Mohit zuckte mit den Schultern.

„Ich weiß nicht …", Paul überlegte. „Poppy wollte sich auch nach irgendwelchen Geiern umschauen. Und hat Doc nicht mal davon gesprochen, dass es da jemanden gab, einen anderen Studenten, der Geier abrichten wollte? Das könnte doch dieser Devin Dolor gewesen sein. Bestimmt beobachten uns die Viecher und geben alle Informationen an ihn weiter."

Mohit stöhnte. „Kann sein, kann auch nicht sein. Aber ich habe absolut keine Lust, jetzt darüber nachzudenken. Ich bin hundemüde. Mensch, wir haben gerade das Schwebezelt neu gesichert, wir haben eine Teamarbeit hingekriegt und Amy und Chuck möglicherweise vor dem Absturz gerettet. Das will ich einfach genießen." Mohit

hielt seine Hände wie einen Trichter vors Gesicht: „Alle mal rausgucken! Der Sonnenuntergang ist großartig!"
Auch Coco und Enisa reckten nun die Gesichter den letzten Strahlen der Sonne entgegen.
„Wenn ihr möchtet, helfe ich euch beim nächsten Mal gern beim Klettern", rief Mohit zu den Schwebezelten, die rechts und links neben seinem pendelten. „Jeder von uns hat doch ein Talent. Paul kann sich super orientieren, Amys Humor ist der Knaller, Coco weiß alles über Tiere, Chuck ist cool und Enisa besonnen. Nur gemeinsam sind wir stark."
Von Coco und Enisa, Amy und Chuck erklang verhaltener Applaus.
„Ruhe jetzt!", brüllte Lady Poppy von unten. „Kaum bin ich wieder zurück, muss ich mir euer Geschrei anhören. Und was macht eigentlich der Schuh hier unten? Alles klar bei euch? Ich würde doch zu gern die Abendstimmung genießen!"
„Alles klar!", riefen alle sechs Tierflüsterer im Chor.
Anfangs leuchtete der Himmel in hellem Gelb, dann ergoss sich ein leuchtendes Orange über die Landschaft, das Minuten später in ein dunkles Rot überging.

Mohit gähnte. „Ich glaube, dass Amy und Chuck so schnell nicht wieder streiten. Sie müssen einfach miteinander klarkommen, da hat Poppy recht. Und ich will auch gar nicht in ihren Konkurrenzkampf hineingezogen werden."
„Ganz meine Meinung." Paul nickte heftig. „Unsere Mission ist es, Silvester zu finden, vielleicht auch Devin Dolor. Da haben wir genug zu tun. Hoffentlich tritt Chuck nicht wieder in irgendwelche Fettnäpfchen. Noch eine Chance bekommt er sicher nicht mehr."
Mohit steckte sich den letzten Happen von seinem Sandwich in den Mund und lauschte. „Hör mal, jetzt lachen Amy und er sogar miteinander."
Paul hob den Daumen. „Geschafft!"
Als der Mond sichelförmig über den Bergen stand, war aus den Portaledges kein Wort mehr zu hören, nur noch regelmäßiges Atmen.
Mohit schloss müde die Augen. Bei dieser Prüfung hatten sie gerade noch mal die Kurve gekriegt.

Kapitel 3

Panik!

Roaaaaar!

Das Brüllen von Carlos dröhnte durch den Dschungel, als die Tierflüsterer am nächsten Morgen wieder im Hauptquartier ankamen. Belustigt beobachtete Amy, wie Kolibris und Papageien bei der Begrüßung durch den Löwen kurz aufstoben, sich aber genauso schnell wieder beruhigten. Auch Schimpansen, Nasenaffen und Bonobos kreischten erschrocken und tobten wild durch die Bäume, bevor sie sich erneut auf den Ästen niederließen. Die Tapire, Dodos und Chamäleons dagegen schienen völlig unbeeindruckt vom Brüllen des Löwen zu sein. Sie liefen ohne Scheu über das Schulgelände.

„Da seid ihr ja wieder. Und? Wie war es?"

Doktor Noa freute sich, dass Amy, Coco, Chuck, Enisa, Mohit und Paul mit Lady Poppy wohlbehalten zurückgekehrt waren und der Kletterkurs offensichtlich gut geklappt hatte. Die Streitigkeiten innerhalb der Gruppe erwähnte Lady Poppy mit keinem Wort. Und alle anderen hielten absolut dicht, was die Sache mit dem Portaledge und dem Haken anging.

Amy rechnete der Lehrerin und ihren Freundinnen und Freunden hoch an, dass sie nichts verrieten. Sie nahm sich vor, ihre Gefühle künftig besser unter Kontrolle zu halten. Doch wenn sie ehrlich war, nagte es mächtig an ihr, dass sogar Chuck, der noch vor einiger Zeit aus Whisperworld rausgeflogen war, inzwischen schon das Flüstern gehört hatte, sie jedoch nicht.

Sie und Enisa.

„Wenn ihr euch ausgeruht und zu Mittag gegessen habt, würde ich euch gern zur Tierbeobachtung in den Deepwood schicken", erklärte Doktor Noa. „Das ist wichtig für unsere Expedition nach Mandulara. Ich habe mit Poppy beschlossen, dass wir so bald wie möglich losreisen." Sie seufzte tief. „Auch ohne weitere Nachricht von Silvester."

Die Gruppe sah sie überrascht an.

„Wir sollen Tiere beobachten?", fragte Amy irritiert. „Während wir nicht wissen, was mit Silvester ist? Wozu?"

„Sollten wir nicht besser packen?", überlegte Coco laut.

„Jo! Ein Ausflug in den Deepwood bringt uns doch nix für Mandulara." Chuck grinste breit, als Jerry auf seine Schulter flog. „Tach, Kumpel. Bin wieder da."
Der Käfer stieß sein Horn sanft in Chucks Wange.
Doktor Noa schüttelte den Kopf. „Du täuschst dich, Chuck, das bringt viel. Ihr sollt vor allem scheue Tiere beobachten, vielleicht sogar mit ihnen Kontakt aufnehmen. Schreibt eure Beobachtungen auf. Das wird sehr wichtig sein für unsere Mission, da bin ich mir sicher. Wahrscheinlich sind die Tiere in Mandulara uns Menschen gegenüber misstrauisch geworden. Dank Devin Dolor, seines Hubschraubers und seiner verantwortungslosen Unternehmungen. Hier im Deepwood könnt ihr noch mal üben, die Tiere zu studieren. Ruht euch zwei Stunden aus, dann geht es wieder los."

Obwohl Amy ihn inzwischen schon häufig durchquert hatte, faszinierte sie der beinahe undurchdringliche Dschungel nach wie vor. Staunend lief sie den anderen hinterher. Die Farne, Schlingpflanzen und Blätter leuchteten so intensiv wie nach einem Regenschauer. Es duftete nach feuchtwarmer Erde und süßlichen

Ananaspflanzen, die auf manchen Bäumen wuchsen. Insekten zirpten ihre Melodien, Affen kreischten, Raubtiere brüllten, um ihre Reviere zu markieren. Der Dschungel war nie still, das wusste Amy mittlerweile, weder am Tag noch in der Nacht.

An einer Lichtung mit einem schmalen Bach, der sich bis kurz vor das Hauptquartier der Tierflüsterer schlängelte, blieb Paul plötzlich stehen. „Psst, wartet. Nicht weiter!“

„Was ist da?“ Coco schloss zu ihm auf.

„Dieses schokobraune Tier habe ich noch nie gesehen“, gab Paul zu. „Es hat die Statur eines Pferdes, die Beine sind gestreift wie beim Zebra und …“

„Die Zunge ist lang und bläulich wie bei einer Giraffe“, führte Coco den Satz zu Ende. „Mit denen ist dieses Tier auch verwandt. Das ist ein Okapi.“

„Einzelgänger und tagaktiv. Ziemlich scheue Tiere“, ergänzte Mohit.

„Dann passt es ja“, stellte Chuck fest. „Gut zum Üben. Soll ich versuchen mit ihm zu sprechen?“

Enisa schüttelte leicht den Kopf. „Ich glaube, es reicht, wenn wir langsam an ihm vorbeigehen. Wenn es stehen bleibt, dann weiß es über uns Tierflüsterer Bescheid und wird nichts gegen uns haben. Ich gehe vor."

Überrascht beobachtete Amy, wie Enisa einen behutsamen Schritt auf die Lichtung wagte. Das Okapi drehte den Kopf. Seine trichterförmigen Ohren wackelten, der Körper war angespannt, als wollte es fliehen.

„Okay, du bleibst also nicht einfach stehen. Du möchtest weglaufen, aber ich will dir nichts tun." Enisa hielt ihre Hände flach am Körper, die Handflächen nach außen. „Doktor Noa schickt uns. Wir wollen nur Tiere beobachten."

Amy sah, wie bei der Erwähnung des Namens der Schulleiterin ein kurzer Ruck durch das Tier ging, dann entspannte sich das Okapi sichtlich, drehte sich zu einem Busch und begann zu fressen.

„Kommt weiter", freute sich Enisa. „Auf Wiedersehen, Okapi."

Auf Wiedersehen, Okapi! Amy verdrehte die Augen. Sie wusste selbst nicht, warum, aber irgendwie nervte sie dieses Tierflüsterer-Getue. Warum sollte sie sich weiter daran beteiligen, wenn sich doch nie ein Tierart wirklich für sie interessierte? Lustlos schlenderte sie den anderen hinterher zu einer kleinen Aussichts-Plattform. Die Mädchen und Jungen hatten sie ein paar Wochen zuvor in einen Baum gebaut, um in Ruhe die Tiere im Deepwood beobachten und sich Notizen über sie machen zu können.

„Seht mal, da drüben in den Bäumen haben sich Plumploris zusammengerollt", flüsterte Mohit und deutete auf ein paar wuschelige Felltiere. „Sie schlafen. Coco, weißt du mehr über diese kleinen Affen?"

Coco kramte ein Notizbuch aus ihrem Rucksack und schlug nach. „Es sind nachtaktive Primaten, ungefähr so groß wie Katzen. Die Plumploris zählen zu den wenigen giftigen Säugetieren. Ihr Gift ist in einer Drüse am Arm und sie brauchen es, um Fressfeinde zu vertreiben."

„Krass!" Chuck kratzte sich am Kopf. „Sehn aus wie Kuscheltierchen und haben's faustdick hinter den Ohren."

Coco nickte. „Aber obwohl sie ganz schön wehrhaft sind, leben sie gefährlich. Viele Menschen wollen sich einen Plumplori als Haustier halten, weil sie mit ihren runden Kulleraugen so niedlich aussehen. Die Tiere gehören zu den am meisten bedrohten Affenarten der Welt."

Streberin, dachte Amy und war von sich selbst schockiert, weil sie so über ihre beste Freundin dachte.

„Ich sehe mich mal kurz um." Eilig kletterte sie die Stufen der Plattform, die sie gerade erklommen hatte, wieder hinunter.

„Warte, Amy." Coco sah ihr verwirrt hinterher. „Soll ich nicht besser mitkommen?"

„Nee, lass mal. Ist ja nicht mein erster Tag im Deepwood." Amy winkte ab, hob einen Stock vom Boden auf und verschwand im dichten Grün.

Ziellos schlenderte sie hin und her. Sie arbeitete sich mit dem Knüppel den Weg frei, stampfte genervt auf, grübelte über ihre Rolle als Tierflüsterin, über ihre Beziehung zu Coco, ärgerte sich über die Gespräche ihrer Mitschüler und … achtete nicht darauf, wo sie hinlief.

Als sie sich nach einer Weile umsah, war sie in einem ihr völlig unbekannten Teil des Deepwood gelandet. Hier wuchsen kaum hohe Bäume, dafür aber riesige Farne. Die Sonne zeichnete schimmernde Lichtpunkte auf ihre Blätter.

Gerade wollte Amy wieder in die Richtung umkehren, aus der sie gekommen war, als sie ein dumpfes Knurren hinter sich hörte, dann eine Art Zischen.

Sie drehte sich um, konnte aber nichts entdecken.

Allerdings erkannte sie am Rascheln und Zittern einiger Blätter eines Busches, dass sich dort etwas verborgen halten musste.
Amy suchte mit ihren Augen rasch den Boden ab. Hätte sie doch nur nicht ihren Stock einfach so weggeworfen, als sie ihn nicht mehr brauchte! Hier gab es nichts, womit sie sich wehren konnte! Gar nichts.
Wieder hörte sie etwas, diesmal ein lautes Fauchen.
Und dann sprang ein Pelztier aus dem Busch vor ihr.
Ein bisschen erinnerte es Amy an einen niedlichen Koala, allerdings war das Fell hier gepunktet. Koalas hatten keine Punkte, da war Amy sich sicher. Sie betrachtete das rechte Ohr des Tieres, das ungewöhnlich geknickt war.
„Was bist du denn für einer?“, fragte sie zögerlich.
Vielleicht ließ sich das Wesen durch Reden beruhigen, falls es gefährlich sein sollte?
In diesem Moment knurrte das Tier erst bedrohlich, dann öffnete es das Maul.
Entsetzt starrte Amy die Kreatur an. Von wegen niedlich: Das Gebiss in seinem weit aufgerissenen Maul sah beinahe so aus wie das eines Hais! Zwei dichte Reihen voll langer, spitzer Zähne!

Amy schrie auf, drehte auf dem Absatz um und rannte los. Noch tiefer hinein in den Dschungel. Farne und Blätter klatschten ihr ins Gesicht, Zweige streiften ihre Wangen und hinterließen blutende Kratzer. Mit einem kurzen Schulterblick vergewisserte sie sich, dass das Tier ihr nicht folgte. Ein Glück! Amy stolperte durch einen Bachlauf, achtete nicht auf mögliche Gefahren, sondern rannte, rannte, rannte.

Bis sie nicht mehr konnte.

Erschöpft ließ sie sich auf einem Baumstumpf nieder, nachdem sie ihn sorgfältig abgeklopft hatte. Schweiß rann über ihr Gesicht, ihr Körper zitterte unkontrolliert.

Es dauerte ein paar Schrecksekunden, bis Amy klar wurde, was gerade passiert war. Sie hatte sich von der Gruppe entfernt. Das war ein großer Fehler im Dschungel und verstieß gegen alle Regeln, die Doktor Noa aufgestellt hatte. Noch schlimmer: Aus Panik vor dem fremden Tier hatte sich Amy verlaufen. Sie hatte nicht die geringste Ahnung, wo sie war und wie sie zum Hauptquartier zurückkommen sollte. Und sie hatte ihren Rucksack auf der Plattform gelassen und keinen einzigen Schluck Wasser dabei.

„Oh Mann." Tränen rannen über Amys Gesicht. „Ich bin die blödeste Kuh, die es auf der Welt gibt. Wie eine totale Anfängerin habe ich alles falsch gemacht. So ein Mist!"
Amy presste die Fäuste an die Schläfen, um wieder klar denken zu können. Im Geist ging sie alle Anweisungen durch, wie man sich im Dschungel zurechtfinden sollte. Doch sie konnte sich einfach nicht konzentrieren, die Begegnung mit dem seltsamen Tier ging ihr nicht aus dem Kopf. Amy schloss für einen kurzen Moment die Augen, und da hörte sie es:

Amy! Amy, ich rufe dich.

Erschrocken riss Amy die Augen wieder auf. Das konnte nicht sein, oder? Nicht hier, nicht in dieser Situation!

Amy! Aaaaaaamy!

Du sollst unsere Tierflüsterin werden.

Amy sah sich um. Blickte zur Seite, nach oben, nach unten, noch einmal nach rechts und nach links. Doch außer einer Horde Totenkopfäffchen, die lautstark über ihr in den Bäumen Fangen spielten, einigen glänzenden Käfern und einigen dösenden Tukanen konnte sie nichts entdecken. Hatte eins von diesen Tieren zu ihr gesprochen?
„Ihr Tukane!", rief Amy. „Habt ihr mich gerufen?"

Keine Antwort.
„Und ihr Affen? Wart ihr das?"
Die Affen pfiffen kurz und sausten mit schnellen Sprüngen davon.
„Ihr Käfer werdet es ja nicht gewesen sein", murmelte sie enttäuscht. „Chuck ist erst vor Kurzem Tierflüsterer der Nashornkäfer geworden. Käferkumpel werden keine gesucht, oder?"
Und wirklich – auch von den Käfern kam keine Reaktion. Amy lief es heiß und kalt den Rücken hinunter. Vielleicht hatte sie sich das Ganze nur eingebildet? Vielleicht hatte sie einen Dschungelkoller, fantasierte, sah und hörte Gespenster? So dehydriert wie sie inzwischen war, wäre das kein Wunder.
„Wasser", flüsterte Amy. „Ich muss Wasser suchen."
Sie erinnerte sich, dass sie bei der Flucht vor dem putzigen Tier mit den scharfen Zähnen an einem Bach vorbeigekommen war. Wenn sie nicht alles täuschte, war es derselbe, der in unmittelbarer Nähe der Aussichtsplattform vorbei und dann Richtung Schule der Tierflüsterer floss. So viele Bäche gab es im Deepwood nicht.
Amy strich sich ein paar verschwitzte Strähnen aus dem

Gesicht, suchte sich einen neuen langen Stock, natürlich lagen jetzt wieder genügend in der Gegend herum, und stapfte los. In die Richtung, in der sie das Gewässer vermutete. Jeder Schritt schmerzte. Amy musste die Zähne zusammenbeißen, ihre Beine fühlten sich an wie Pudding. Es dämmerte schon, immer mehr nachtaktive Tiere waren unterwegs, als Amy endlich den Bach erreichte. Wie lange sie gelaufen war, wusste sie nicht. Ihre Zunge klebte am Gaumen, die Augen tränten, der Kopf hämmerte, ihr war schlecht vor Hunger. Und immer noch hatte sie keine Ahnung, wo sie war und in welcher Richtung die Schule lag. Verdammt!

Mit der gewölbten Hand schöpfte sie sich gierig das Wasser in den Mund. Auch wenn Doktor Noa immer davor gewarnt hatte, dass Dschungelbäche oft jede Menge Keime enthielten. Dass die Kinder davon Übelkeit, Durchfall oder Magenschmerzen bekommen könnten, im schlimmsten Fall sogar eine fiese Krankheit, verursacht durch Parasiten. Nachdem Amy ihren Durst gestillt hatte, blickte sie sich um.

Nichts, aber auch gar nichts kam ihr bekannt vor. Warum hatte sie sich unterwegs keine Zeichen eingeprägt?

Bestimmte auffällige Bäume, eine Ansammlung leuchtender Blumen, eine besondere Beschaffenheit des Bodens? Absolutes Grundwissen, das Doktor Noa den Tierflüsterern immer wieder eingeschärft hatte.

Schluchzend ließ Amy sich auf die Knie fallen, ohne darauf zu achten, was unter, neben oder über ihr lauerte. Es war ihr egal, sie war völlig am Ende.

„Was mache ich jetzt?", schluchzte sie und vergrub den Kopf in ihren Händen. „Was mache ich bloß?"

Das Geräusch, das einige Zeit später an ihre Ohren drang, hörte sich an wie ein Donner. Zunächst war es noch fern, dann kam das dumpfe Grollen immer näher. Die Vögel in den Bäumen stoben erschrocken auf, Affen kreischten warnend, als der Boden unter Amy zu vibrieren begann. Es raschelte im Unterholz, die Blätter in den Büschen vor ihr teilten sich und …

„Eko!"

Amy schrie und weinte und jubelte gleichzeitig, stürzte auf den riesigen Berggorilla zu und presste sich an sein weiches Fell.

Mit seiner schweren Pranke streichelte Eko dem Mädchen sanft über den Kopf. „Amy! Habe ich dich endlich gefunden! Steig auf meinen Rücken und halte dich gut fest. Ich bringe dich nach Hause."

Nach Hause! Vor Glück konnte Amy nicht sprechen, aber sie war noch so kräftig, dass sie Ekos Anweisung folgen konnte. Sie klammerte sich an seinen Hals, während der Gorilla mit großen Schritten durch den Deepwood trabte. Irgendwo auf halber Strecke stießen sie auf die Suchtrupps, die Doktor Noa mit Lady Poppy und den Schülern und Schülerinnen, mit Carlos und Iggy gebildet hatte.

„Da ist sie!", hörte Amy die zitternde Stimme von Coco. „Eko hat sie gefunden!"

Was dann passierte, zog wie ein Film an Amy vorbei: Doktor Noa, die blass vor Sorge war und Amy stumm an sich drückte. Lady Poppy, die eine Trage bereithielt und sie sofort darauf bettete. Coco, die liebevoll ihren Rücken streichelte. Enisa, die ihre Stirn mit einem Tuch befeuchtete. Chuck und Paul, die sich vor Freude über Amys Rückkehr umarmten. Mohit, der ihre Hand hielt, während sie durch den Deepwood getragen wurde und erschöpft einschlief. In dem sicheren Gefühl, dass ihre neue Familie gut auf sie aufpasste.

Wie lange sie geschlafen hatte, wusste Amy nicht, als sie wach wurde und sich mit halb geschlossenen Lidern umsah. Auch im schwachen Licht erkannte sie auf Anhieb, dass sie sich im Krankenzimmer der Schule befand. Das weiche Bett, der kleine Nachttisch, der Blick aus dem schmalen Fenster hinaus auf die Baumhäuser. Wie oft hatte sie Chuck hier besucht, als er mit seinen entzündeten Unterschenkeln hier gelegen hatte.

„Amy? Wie geht es dir?"

Amys Augen brannten, als sie die Lider öffnete. Neben ihrem Bett kauerte Doktor Noa. Carlos und Iggy lagen auf dem gestampften Lehmboden.

„Trink!" Doktor Noa hob ein Glas Wasser und führte es an Amys Lippen.

Gierig schluckte das Mädchen. „Wie spät ist es?"

„Es ist früher Morgen. Du hast eineinhalb Tage geschlafen."

„Oh Mist!" Amy versuchte, sich im Bett aufzusetzen. „So lang?"

Doktor Noa nickte. „Zwischendurch hast du dir die Seele aus dem Leib ge-, na du weißt schon. Wahrscheinlich hast du verunreinigtes Wasser getrunken."

Amy presste die Hände auf den Bauch. Jetzt wusste sie auch, warum ihr darin alles wehtat. „Es tut mir so leid, Doc. Ich wollte nicht weglaufen. Es war nur … ich …"
„Ich weiß, dass du unglücklich bist, Amy. Aber das ist kein Grund, dich und die Schule der Tierflüsterer in Gefahr zu bringen. Wenn ich ehrlich bin, habe ich mit Poppy überlegt, ob du während unserer Expedition mit einem von unseren tierischen Lehrern hierbleibst. Wir haben sogar darüber nachgedacht, dich wieder ganz nach Hause, zu deinen Eltern, zu schicken. Immerhin mussten wir wegen dir die Expedition nach Mandulara verschieben, obwohl wir nicht wissen, was mit Silvester passiert ist. Jede Stunde zählt, Amy!"
Zur Bestätigung hob Carlos den Kopf und brüllte zornig. *Roaaaaar!*
„Es tut mir so, so leid, Doc. Ich will wirklich alles tun, um es wiedergutzumachen. Bitte, gib mir noch eine Chance. Lass uns sofort nach Mandulara reisen." Amy holte tief Luft. „Ich habe ein seltsames Tier gesehen und … ich glaube … ich habe das Flüstern gehört."
„Das Flüstern?" Doktor Noa richtete sich auf. „Von welcher Art?"

Amy schüttelte den Kopf. „Das weiß ich nicht. Da war nur dieses Flüstern mitten im Dschungel. Mehr konnte ich nicht herausfinden."

Doktor Noa strich ihr zärtlich ein paar verschwitzte Haarsträhnen aus dem Gesicht. „Das würde mich sehr für dich freuen. Kannst du mir versprechen, dass du dich in Geduld übst, bis du es wieder hörst?"

Amy nickte heftig.

„Und dieses Tier, wie hat es ausgesehen?"

„Es war nicht besonders groß, ziemlich wuschelig. So eine Mischung aus Koala und Dachs oder Waschbär. Mit großen Ohren und Punkten im Fell. Und es hatte ..." Amy schüttelte sich. „Verdammt spitze Zähne. Sehr viele."

Amy beobachtete, wie Doktor Noa Carlos und Iggy einen schnellen Blick zuwarf. Carlos richtete sich abrupt auf.

Grsssschh!

Iggy zischte laut und zuckte mit dem Schwanz.

Doktor Noa nickte. „Ihr denkt es also auch." Sie legte die Hand auf Amys Arm. „Du bist einem Hibbling begegnet. Hibblinge leben eigentlich nur in Mandulara. Ungewöhnlich, dass sich einer in den Deepwood verirrt hat. Das muss ein Zeichen sein, Amy. Silvester braucht uns, bestimmt ist ihm etwas zugestoßen. Bitte zieh dich langsam an und pack deine Sachen. Du kommst mit uns. Wir müssen sofort aufbrechen!“

Die Chroniken von Whisperworld

Aufzeichnungen von Pete Noa

Im Norden von Mandulara, März 1982

Ich habe mein Versprechen gehalten: Ein Jahr nachdem ich zum ersten Mal Hibblinge getroffen und ihnen diesen Namen gegeben habe, bin ich zurückgekehrt nach Mandulara. Eigentlich führt mich meine Reise zum Nachtblauen Meer, dort will ich nach dem Rechten sehen. Doch zuvor wollte ich unbedingt hierherkommen, um endlich Kontakt mit den Hibblingen aufzunehmen. Ich musste diese Wesen näher kennenlernen, ihre Gewohnheiten studieren, ihr Verhalten verstehen. Noch immer bin ich völlig fasziniert von den Kerlchen mit dem getupften breiten Körper, dem kleinen Kopf mit den puscheligen Ohren und den kleinen Pfötchen mit den scharfen Krallen. Tatsächlich sind sie eine Mischung aus Waschbär und

Koala, doch ihre kräftige Zahnreihe ist mit denen der beiden anderen Arten nicht zu vergleichen.

Es hat eine Weile gedauert, bis ich das Vertrauen der fantastischen Wesen gewonnen habe. Doch inzwischen habe ich etliche Gespräche mit den Hibblingen geführt. Die Tiere leben in großen Rudeln in Höhlen, die sie in morsche Bäume graben. Männchen und Weibchen teilen sich die Aufzucht der Jungen und die Nahrungssuche. Sie sind in der Rangordnung gleichgestellt.

Die Hibblinge haben mir berichtet, dass ihre Zähne hauptsächlich der Abschreckung dienen, außerdem können sie diese in bestimmte Bäume schlagen, um an den Pflanzensaft zu kommen. Wer hätte das gedacht, sie sind gar keine Fleischfresser, sehr erstaunlich! Und wenn man sie nicht reizt, sind die Hibblinge tatsächlich genauso freundlich, wie sie wirken. Ich beneide den Menschen, der irgendwann ihr Flüstern hören wird …

Kapitel 4

Ruhe bewahren

Nachdem Doktor Noa bei Amy in der Krankenstation gewesen war, hatte sie gemeinsam mit Lady Poppy alle Tierflüsterer geweckt und sie zum Packen aufgefordert. Nur das Nötigste sollte diesmal mit, hatten die Lehrerinnen erklärt.

Enisa war sofort hellwach, die Morgenstimmung im Deepwood wollte sie nicht verpassen. Dann war es noch nicht so schwül wie tagsüber. Auch die Tiere schienen entspannt vom Schlaf und neugierig auf den Tag zu sein, während sich die nachtaktiven Tiere erschöpft zurückzogen.

Schichtwechsel im Dschungel.

Sorgfältig faltete Enisa eine zweite Hose, Hemden und T-Shirts zusammen und legte sie auf die Schuhe in ihrem Rucksack. Dazu den Beutel mit den Toilettenartikeln und ein spannendes Buch. Mehr brauchte sie nicht.

Die Tür des Piratenhauses stand weit offen. Von draußen

drangen das morgendliche Kreischen der spielenden Schimpansen, das Tröten der Elefanten und das dunkle Brüllen einiger Raubtiere in das Baumhaus.

Enisa liebte den Moment, wenn sie sich auf eine Reise vorbereitete. Von seiner Großmutter hatte das Wüstenmädchen gelernt, wie es sorgfältig packen und alle Sachen möglichst platzsparend verstauen konnte. Für den Ritt auf einem Kamel war das enorm wichtig.

„Kann ich mitkommen nach Mandulara?"

Ummi war ins Baumhaus gesprungen. In einer Hand hielt er eine Banane, die er mit Sicherheit vom Frühstückstisch der Tierflüsterer stibitzt hatte, mit der anderen klopfte er ungeduldig auf den Boden. „Vielleicht brauchst du mich."

Enisa lächelte. „Silvester ist bereits in Mandulara, Max ist unterwegs, Doc und Poppy kommen mit. Also ist kein einziger Lehrer hier. Das Hauptquartier muss jedoch gut geschützt werden. Und dazu braucht unser Berggorilla alle Tiere, auch dich."

„Schade." Ummi sprang auf Enisas Bett, von dort auf einen Stuhl, dann auf den kleinen Schreibtisch. „Hätte ich beinahe vergessen: Doc schickt mich. Wenn du fertig bist, sollst du ihr und Lady Poppy beim Packen helfen."

„Ich?" Enisa sah den Affen verblüfft an. „Sonst machen das doch meistens Chuck und Paul."
Ummi trommelte sich belustigt auf den Bauch. „Aber sie wollen dich. Sie möchten ohne Streit und Stress packen, haben sie gesagt."
„Mohit ist doch auch immer ganz unkompliziert", überlegte Enisa. „Wieso haben sie ihn denn nicht gewählt?"
„Warum machst du dir immer so viele Gedanken?"
Ummi schüttelte den Kopf. „Ist doch ganz egal. Geh einfach runter, du bist hier doch längst fertig." Sie warten bestimmt schon auf dich.
„Du hast recht, meine Aufgaben hier habe ich bereits erledigt. *Hänge die heutige Pflicht nicht an den morgigen Haken*, hat meine Großmutter immer gesagt."
Ummi legte den Kopf schief. „Hä?"
„Nicht so wichtig." Enisa winkte ab.
Eilig packte sie den fertigen Rucksack und hüpfte bester Laune die Stufen des Piratenhauses hinunter. Sie verstand es als große Auszeichnung, dass die beiden Lehrerinnen ihre Hilfe benötigten.
Als Enisa zum Speisesaal im Küchengebäude kam, hörte sie

lautes Lachen und fröhliches Geplapper. Doktor Noa und Lady Poppy schienen gute Laune zu haben.

„Enisa, da bist du ja." Doktor Noa machte eine einladende Handbewegung. Die beiden standen vor einem Haufen Seile, Karabiner, Haken, Helme, Schwebezelte und Klettergurte.

„Wir freuen uns gerade darüber, dass eine Wandertaube unseren Koru noch vor zwei Tagen auf einer Akazie an der Simari-Schlucht gesehen hat."

Lady Poppy seufzte. „Das sind so gute Nachrichten. Auch wenn die Taube nichts von Silvester berichten konnte."

Enisa nickte. „Ich bin sicher, dass Silvester nichts passiert ist. Wo kann ich helfen?"

Lady Poppy deutete zur Küche. „Das Packen des Proviants überlassen wir den anderen. Wir müssen dafür sorgen, dass unsere Kletterausrüstung gut verstaut wird. Am besten, wir füllen das Ganze in eine große Kiste."

Nachdenklich betrachtete Enisa die beeindruckende Menge an Ausrüstung.

„Jeder von uns könnte seinen Helm und den Klettergurt in den eigenen Rucksack stecken", meinte sie. „Das wäre platzsparend."

„Gute Idee.“ Doktor Noa lächelte. „So ist jeder für einen Teil der Ausrüstung selbst verantwortlich. Dann mal los!“

Enisa hob die Hand. „Den Rest würde ich lieber auf zwei wasserfeste Taschen verteilen, als ihn in eine Kiste zu packen, Poppy“, sagte Enisa leise. „Das ist leichter zu tragen für Madu. Rechts und links eine Tasche, wie bei unseren Trampeltieren.“

Lady Poppy schnalzte mit der Zunge. „Alle Achtung. Unser Wüstenmädchen kann was!“

Enisa wurde rot. Geschickt verstaute sie die Kletterausrüstung in zwei stabilen Taschen aus imprägniertem Stoff, in denen der Inhalt auch bei Regen oder Nässe trocken bleiben würde. Die Seile und Karabiner steckte sie getrennt voneinander in Leinenbeutel, damit sie sich nicht verhedderten. Sie war so konzentriert bei der Sache, dass sie nicht merkte, wie Coco mit Enja und Chuck mit seinem Nashornkäfer Jerry auf der Schulter eintraten.

„Bin fertig mit Packen“, meinte Chuck. „Wieso hat mich keiner zum Helfen geholt? Grad bei so wichtigem Zeug wie dem Kletterkram. Das Gepäck packen, um es auf Madu zu verstaun, das hab ich doch sonst immer gemacht.“

Doktor Noa zuckte mit den Schultern. „Diesmal haben wir Enisa gefragt. Sie macht ihre Sache hervorragend."
„Pfff." Chuck schnaubte kurz, verkniff sich aber eine blöde Bemerkung.
„Kann Enja eigentlich mitkommen nach Mandulara, Doc?", wollte Coco wissen. „Jerry und die Miracorns schwirren doch auch immer um Chuck und Mohit herum. Immerhin bin ich schon lange die Tierflüsterin der Luchse."
„Ich glaube, Enja sollte hierbleiben. Sie muss ihren Umzug nach Dragonland vorbereiten, Coco", gab Doktor Noa zu bedenken.
„Doc hat recht", murmelte Enisa.
„Aber das mit dem Umzug können doch die anderen Luchse machen", beharrte Coco. „Enja könnte mich … also, ich meine … sie könnte uns begleiten und später nach Dragonland aufbrechen."
Doktor Noa zwinkerte Coco zu. „Als Tierflüsterin solltest du nicht deine Wünsche in den Mittelpunkt stellen, sondern die deines Tieres."
„Ist doch alles nur wegen Enisa und Amy", maulte Coco. „Weil die nicht wollen, dass mein Tier dabei ist."

Enisa ballte die Fäuste. Eigentlich wollte sie nichts dazu sagen, aber dann platzte es doch aus ihr heraus. „Ihr solltet euch lieber um Silvester kümmern, als euch Gedanken um eure Arten zu machen. Das lenkt euch doch nur vom Wesentlichen ab."

„Tierflüsterer zu sein *ist* das Wesentliche." Chuck hob die Brauen. „Oder hast du ein Problem damit, Enisa?"

„Hört, hört", schnarrte Jerry.

Enisa schluckte. Chuck hatte recht. Kein Tier hatte sie ausgewählt. Sie fühlte sich wie eine Versagerin. Würde sie je gerufen werden?

Doktor Noa legte die Kletterhaken, die sie gerade einpacken wollte, zur Seite und wandte sich Enisa, Coco und Chuck zu. „Ich möchte euch gern etwas über die Bedeutung der Tierflüsterer erzählen. Es spielt weder für eure Zeit hier noch für euer späteres Leben eine große Rolle, ob das Tier oder die Tierart, die euch gerufen hat, stets an eurer Seite ist. Meistens ist das außerhalb von Whisperworld gar nicht möglich oder zumindest schwierig. Konzentriert euch auf die Haltung, die ihr künftig zeigt. Es ist das Bewusstsein, Teil einer lebenswichtigen Aufgabe und einer großen Familie von Umwelt- und Artenschützern zu sein, das ihr mit nach Hause nehmt, wenn ihr die Schule der Tierflüsterer abgeschlossen habt. Nicht jede oder jeder von euch wird später als Ranger in einem Nationalpark mit seltenen Berggorillas oder in einer Naturschutzorganisation arbeiten, Demonstrationen für Artenschutz leiten oder mit Schlauchbooten gegen Walfänger auslaufen. Das Große kann auch im Kleinen beginnen, beispielsweise im Erhalt von Insekten durch das Anpflanzen von Wildblumen in Vorgärten. Alles ist gut, was den Tieren, der Natur, unserer Umwelt hilft, denn deren Erhalt ist eure Zukunft! Je mehr Menschen ihr dafür begeistern könnt, desto besser. Das wird euer Job sein. Und das Flüstern werdet ihr alle hören. Früher oder später."

Sie fixierte zunächst Coco, dann Chuck. „Würdet ihr beide euch bitte um den Proviant in der Küche kümmern?"

Als Coco und Chuck verschwunden waren, legte Lady Poppy Enisa sanft die Hand auf die Schulter. „Lass dich durch solche Bemerkungen bitte nicht aus der Fassung bringen."

Dankbar sah Enisa die Lehrerin an, doch ihre Stimmung blieb gedrückt.

„Ich bin fertig", erklärte sie mit belegter Stimme und

schloss die Taschen, in denen die Kletterutensilien verstaut waren. „Kann ich gehen?“

Sie spürte, wie Lady Poppy sie forschend ansah, und war dankbar, dass die Lehrerin nicht das Wort an sie richtete.

„Natürlich, Enisa, du kannst gehen. Ich danke dir.“

Doktor Noa nickte ihr zu. „Poppy und ich packen das Gepäck auf Madu, dann geht es los. Würdest du bitte den anderen Bescheid geben? Wir haben einen weiten Weg vor uns, diesmal gehen wir zu Fuß. Madu trägt das Gepäck, die Waldelefanten und unser Mammut Henri bleiben zur Sicherheit im Hauptquartier.“

Auch das noch! Jetzt musste sie sich mit dem Angeber Chuck und der Besserwisserin Coco durch den Dschungel kämpfen. Auf einem Reittier hätte sie wenigstens ihre Ruhe gehabt.

Als Enisa aus dem Speisesaal stürmte, prallte sie beinahe gegen Paul.

„Mach langsam! Was ist los?“, fragte der erstaunt.

Enisa zog ihn mit sich, bis sie am Indigobach ankamen. Dort setzte sie sich und erzählte von ihrem Kummer, von ihrer Unsicherheit Chuck und Coco gegenüber, von den ständigen Selbstzweifeln.

Paul hörte sich alles schweigend an. Erst nach einer langen Pause meinte er: „Ich finde dich cool, weil du schlau bist, eigentlich immer ruhig bleibst und gute Ideen hast. Doc und Poppy wissen das auch. Deshalb haben sie dich um Hilfe gebeten. Du kannst dich nicht immer nur darüber ärgern, dass du das Flüstern noch nicht gehört hast. Es liegt bestimmt nicht an dir. Vielleicht sind wir deiner Art noch gar nicht begegnet." Er sah Enisa von der Seite an. „Werd mal ein bisschen selbstbewusster! Danach kannst du Verantwortung übernehmen. Wenn du das schaffst, dann brauchst du dir von niemandem mehr etwas sagen zu lassen. Und dann wirst du auch das Flüstern hören, hundertpro!"

Kapitel 5

Eine Beinahe-Katastrophe

Paul schloss die Augen und atmete den feuchten, erdigen Geruch des Dschungels ein. Alles wirkte wie frisch geduscht, das Grün der Bäume, Büsche und Farne leuchtete intensiver als in den Tagen zuvor. Die Luft war schwül und schwer.

Ausgerechnet in der Nacht vor ihrem Aufbruch nach Mandulara hatte es über dem Deepwood wie aus Eimern geschüttet. Noch immer waren die glänzenden Blätter der Bäume bedeckt von glitzernden Tropfen. Mit feinen, ploppenden Geräuschen fielen sie in Zeitlupe zu Boden. Völlig aufgeweicht, rutschig und unglaublich anstrengend zu laufen waren die Pfade durch den Dschungel. Bei jedem Schritt sanken die Tierflüsterer ein, jedes Mal verursachten die Schuhe ein schmatzendes Geräusch. Eine echte Herausforderung, vor allem mit den schweren Rucksäcken, die alle trugen.

Konzentriert stapften Doktor Noa und Lady Poppy mit

Madu nun schon einige Stunden durch den Deepwood, nach ihnen lief Paul. Amy, Coco, Chuck, Enisa und Mohit folgten mit etwas Abstand. Es fiel ihnen sichtlich schwer, festen Tritt auf den schlammigen Wegen zu fassen.
Mit einem Zipfel seines Hemdes wischte sich Paul den Schweiß von der Stirn. Er mobilisierte alle Kräfte.
„Los, Leute, es kann nicht mehr weit sein. Bald sind wir an der Stelle des Krokodilflusses, durch die Madu waten kann. Das kriegen wir hin. Für Silvester!"
Um zu zeigen, dass er noch locker weitermarschieren konnte, schloss Paul zum Elefanten und zu den beiden Lehrerinnen auf. Er wollte den anderen unbedingt ein Vorbild sein, denn in den letzten Stunden im Dschungel hatte er bemerkt, wie manche seiner Freundinnen und Freunde immer schwächer wurden. Paul konnte das gut verstehen, aber die Angst um Silvester und Koru verlieh ihm Kraft. Paul bewunderte den glatzköpfigen Lehrer und Piloten, Silvester war sein Vorbild. Wenn ihm etwas zugestoßen war, das wäre … furchtbar, eine echte Katastrophe!
„Oh Mann, ich kann nicht mehr", keuchte Amy. „Ich bin fix und fertig."

„Müssen wir wirklich noch weiter, Doc?“, fragte Coco müde, als das dunkle Gewässer endlich vor ihnen lag. „Der Weg durch den Dschungel war schon so anstrengend.“
Doktor Noa seufzte. „Ich weiß, dass ich euch einiges abverlange, aber wir müssen an einer ganz bestimmten Stelle den Fluss durchqueren. Nur dort kann es Madu mit dem Gepäck nach Mandulara schaffen.“
Ohne das dichte Grün der Urwaldbäume brannte die Sonne unbarmherzig auf die Köpfe der Tierflüsterer. Da nützten auch die Tropenhelme nichts. Es war einfach nur heiß, drückend und kräftezehrend.
Paul sah, dass selbst Enisa, die sonst kaum Probleme mit der Hitze hatte, sich den Schweiß von der Stirn wischte.
„Ich könnte ein paar Witze erzählen“, schlug er vor.
So müde wie an diesem Tag hatte sich Paul schon lange nicht mehr gefühlt, aber das wollte er auf keinen Fall zugeben. Eigentlich war ja Chuck der Komiker der Gruppe, doch der war heute ziemlich schweigsam. Er hatte nicht gut geschlafen und entsprechend miese Laune.
„Witze? Bloß nicht“, stöhnte Amy.
„Beruhigt euch, Leute. Es sind nur noch ein paar Meter“, lockte Lady Poppy. „Es ist wirklich nicht mehr weit.“

Seit dem Morgen waren sie in beinahe gerader Linie zum Krokodilfluss gelaufen.
„Meine Beine sind Matschepampe“, gab Chuck ehrlich zu.
„Holzpampe wäre mir lieber“, scherzte Jerry, „die futtere ich ganz gern.“
„Witzig, witzig“, knurrte Chuck. „Du hast gut reden, alter Faulkäfer. Hockst einfach auf meiner Schulter.“
Paul musste sich eingestehen, dass er den Nashornkäfer in diesem Moment unglaublich beneidete. Was würde er dafür geben, getragen zu werden!
Auch Coco, Enisa und Mohit schlurften nur noch langsam hinter der Gruppe her. Sie waren völlig am Ende.
„Wir sind da!“, rief in diesem Moment Lady Poppy.
Paul warf die Arme in die Luft. „Yippieeee!“
Amy stöhnte und ließ sich im Schneidersitz auf dem Boden nieder. „Ich mache keinen Schritt mehr.“
Doktor Noa hatte recht. An dieser Stelle war der Krokodilfluss tatsächlich weniger reißend und tief, was Lady Poppy mit einem langen Stock prüfte.
„Hier können wir es wagen.“ Sie tätschelte den Bauch des Elefanten. „Was denkst du, mein Freund?“
Tröööööö!

Madu posaunte zustimmend.
Doktor Noa betrachtete die Mädchen und Jungen, die neben und hinter ihr auf dem Boden saßen. „Ihr habt wirklich eine Pause verdient."
Dankbar suchte Paul sich einen Platz im Schatten, prüfte die Umgebung und den Untergrund und ließ sich dann, den Rucksack als Rückenstütze, auf den immer noch feuchten Boden nieder. Er hatte Durst. Seine noch halb volle Trinkflasche leerte er in einem Zug und nahm dann dankbar die Mangostücke entgegen, die Lady Poppy verteilte.
„Unser Plan sieht folgendermaßen aus", erklärte Doktor Noa. „Zunächst watet Madu mit dem Gepäck durchs Wasser. Danach rufe ich einige Flusspferde, die uns hinübertragen werden." Sie wandte sich an Carlos: „Iggy kann mit mir auf dem Flusspferd.reiten, aber dich dulden sie leider nicht auf ihrem Rücken. Du musst schwimmen, mein Freund."
Rooooaaaaar!
Carlos ließ ein wütendes Brüllen hören, sodass die Tierflüsterer ihn erschrocken ansahen. Paul konnte sich nicht erinnern, den Löwen jemals so erregt gesehen zu

haben. Aber statt etwas zu erklären oder mit ihnen zu sprechen, schlich Carlos unruhig am Ufer auf und ab.
„Er schwimmt nicht gern", flüsterte Lady Poppy.
„Das hast du nett ausgedrückt, Poppy", meinte Doktor Noa. „Löwen können natürlich schwimmen, wie alle Raubkatzen. Aber nie im Leben würde Carlos freiwillig ins tiefe Wasser gehen. Schwimmen ist für ihn nur ein natürlicher Überlebensreflex. Wenn ein Löwe mal ins Wasser fällt, geht er nicht unter. Aber Spaß hat er mit Sicherheit keinen im Wasser." Doktor Noa betrachtete ihren unruhigen Freund mitleidig.
„Löwen sind keine guten Schwimmer", ergänzte Lady Poppy. „Ist auch völlig klar, denn ihr Fell, bei Carlos auch die Mähne, saugt sich mit Wasser voll und wird dadurch sehr schwer."
Überrascht beobachtete Paul, wie Carlos auf einmal und ohne jede Ankündigung einen Satz ins Wasser machte, konzentriert durch den Fluss paddelte, am gegenüberliegenden Ufer hinausstieg und die Mähne schüttelte. Als hätten ihn Doc Noas und Lady Poppys Einschätzungen persönlich beleidigt und als wollte er unbedingt beweisen, dass sie sich irrten.

Roooooaaaar!

Triumphierend riss er noch einmal das Maul auf.

Doktor Noa lachte erleichtert. „Ja, mein Freund, ich habe es gesehen. Gut gemacht!"

Als Nächstes war Madu mit dem Gepäck an der Reihe. Paul staunte, als der betagte, voll beladene Elefant ins Wasser stieg und sorgsam einen Schritt nach dem anderen machte. Madu kam gut voran, und trotzdem hatte Paul das Gefühl, dass der Elefant Probleme beim Durchwaten des Flusses hatte. Das mächtige Tier schwankte immer wieder von einer Seite auf die andere.

Und dann passierte es: Madu strauchelte, verlor den Halt und trompetete wie wild. Er schüttelte sich, wohl um das Gepäck loszuwerden, was ihm auch gelang. Die Taschen mit der Kletterausrüstung wurden hin- und hergeworfen, sodass sich die Seile lockerten. Tatenlos musste die Gruppe am Ufer mit ansehen, wie das sorgfältig verpackte Material wenige Sekunden auf den Wellen hüpfte und dann unterging.

„Unsere Ausrüstung! Sie versinkt!", schrie Paul entsetzt.

„Verdammt!", brüllte Lady Poppy.

Spontan machte sie einen Schritt auf das trübe, strudelnde

Wasser zu, offenbar, um sich einfach hineinzustürzen. Paul konnte sie gerade noch an der Jacke festhalten.

„Das bringt doch nichts, Poppy“, sagte er. „Du kannst die Taschen nicht allein heben. Und die Strömung ist hier zu stark. Es ist zu gefährlich.“

Lady Poppy stöhnte. „Danke. Du hast ja recht, Paul. Aber ohne die Klettergurte, Seile und Sicherungshaken werden wir die Simari-Schlucht nie bezwingen. Dann können wir gleich umkehren.“

Doktor Noa überlegte fieberhaft. „Einen Plan, wir brauchen einen Plan.“

Paul presste sich vor Aufregung die Fäuste an die Schläfen. Wenn doch nur seine Schwarzspitzen-Riffhaie hier wären, wenn Akula helfen könnte!

„Bleib ganz ruhig, Madu“, rief Doktor Noa dem Elefanten zu. „Wir kümmern uns um dich. Mach dir keine Sorgen wegen der Ausrüstung, sorge nur für dich.“

Mit weit aufgerissenen Augen mussten sie zusehen, wie sich nach den Taschen mit der Kletterausrüstung nun auch noch die Holzkisten mit dem Proviant aus den Seilen lösten. Im Gegensatz zu den Taschen gingen sie jedoch nicht unter, sondern tanzten auf den Wellen wie kleine

Boote. Allerdings Boote, die sich mit der Strömung des Flusses immer weiter von der Gruppe der Tierflüsterer entfernten.

Madu interessierte das alles nicht. Der nun wesentlich leichtere und wendigere Elefant hatte inzwischen wieder festen Halt gefunden und stapfte trittsicher ans andere Ufer.

„So ein Mist! Die ganze Vorbereitung ist im Eimer!" Lady Poppy trat verärgert gegen eine Baumwurzel am Ufer.

„Können wir denn gar nichts machen?", wollte Coco wissen. „Ein paar Wassertiere rufen oder …"

Ihr Satz wurde von einem lauten Blubbern übertönt. Gleichzeitig begann das Wasser des Krokodilflusses zu brodeln. Schaumkronen bildeten sich auf der Oberfläche, die Wellen schwollen an, der Strom wogte, schäumte und strudelte.

Paul riss die Augen auf. Was passierte da gerade? Solche Wasserbewegungen hatte er zuletzt beim Auftauchen eines Schwarms von Piranhas gesehen, der ihm eine Botschaft übermittelt hatte. Deren kräftigen Zähnen wollte er nicht schon wieder begegnen. Vorsichtshalber trat Paul einen Schritt zurück …

… und entdeckte plötzlich mehrere Rückenflossen, die die Wasseroberfläche durchstießen.
„Meine Haie“, rief er aufgeregt, „meine Haie sind da!“
Noch bevor Paul und die anderen wussten, was gerade geschah, tauchten am anderen Ufer, nahe bei Madu, mehrere Schweinswale, Haie und Akula, der Schwarzspitzen-Riffhai, auf. Offensichtlich waren sie bis zum Grund des Krokodilflusses getaucht, hatten die Taschen entdeckt und bugsierten die verloren geglaubten Gepäckstücke samt den beiden Kisten nun aus dem Wasser, indem sie sich eng aneinanderdrückten und die Gegenstände auf ihren Rücken balancierten. Auf diese Weise schoben und pressten sie das Gepäck ans gegenüberliegende Ufer, wo Madu es mit seinem Rüssel zu fassen bekam und auf den Lehmboden von Mandulara beförderte.
„Unglaublich!“, freute sich Doktor Noa. „Die Haie und Wale haben unser Gepäck gerettet.“
„Jetzt liegst du falsch, Eli.“ Lady Poppy stieß sie mit dem Ellenbogen in die Seite und lachte schallend. „Sie haben *uns* damit den Hintern gerettet!“
Paul kniete sich ans Ufer und wartete, bis Akula seine

Arbeit beendet hatte und zu seinem Tierflüsterer kommen würde. Und wirklich rauschte kurze Zeit später die markante Flosse durchs Wasser und stoppte vor Paul. Akula streckte den Kopf mit dem beeindruckenden, arttypischen Revolvergebiss der Haie aus dem Wasser.

„Akula!"

„Ich habe deine Anspannung gespürt. Deshalb halte ich mich mit einigen Freunden schon länger im Krokodilfluss auf", sagte der zu Paul. „Ich musste dir helfen."

Ein warmes Gefühl durchströmte Paul. Der Hai mochte noch so furchterregend aussehen, Paul wusste, wie freundlich und hilfsbereit dieses Tier war. Er hob die Hand und strich dem Hai über die Kiemen.

Neben dem Schwarzspitzen-Riffhai waren inzwischen mehrere Tigerhaie und Schweinswale aufgetaucht. Lady Poppy hatte so häufig von den kleinen Zahnwalen, die Delfinen so ähnlich waren, erzählt, dass Paul sie sofort erkannte.

„Das sind Schweinswale", stellte auch Coco aufgeregt fest.

„Ich habe Freunde mitgebracht", bestätigte Akula.

Doktor Noa und Lady Poppy hatten sich neben Paul am Ufer niedergelassen.

„Das werde ich euch nie vergessen." Lady Poppy stöhnte. „Wir sind unterwegs nach Mandulara, zur Simari-Schlucht. Und die hätten wir ohne Ausrüstung nicht bezwingen können."

„Wir suchen Silvester", ergänzte Doktor Noa. „Er ist verschwunden und ..."

Akula peitschte mit seiner Schwanzflosse durchs Wasser. „Ich weiß. Alle Arten in Whisperworld wissen Bescheid und das bereitet uns große Sorge! An jedem Ort warten Tiere darauf, dass du ihnen sagst, wie sie helfen können, Doc. Wir wissen alle, wie viel wir euch Tierflüsterern zu verdanken haben. Schon dein Urgroßvater Alexander hätte allen von Whisperworld erzählen können. Doch er hat sich für die Erhaltung unseres Paradieses entschieden. Genau wie er gehört auch Silvester zu den Guten. Wir müssen ihn finden!"

Akula tauchte kurz unter, jagte einmal durch die Fluten, dann kehrte er zurück und wandte sich wieder an Paul. „Wenn du mich brauchst, gib mir Bescheid, Tierflüsterer."

Paul grinste. „Ich muss dich doch gar nicht rufen, Akula. Du hast ja meine Aufregung auch so gespürt."

Doktor Noa legte die Hand auf Pauls Schulter. „Ein gutes

Zeichen, ein sehr gutes sogar! Wer mit seinem Tier eine echte Verbindung eingegangen ist, der wird auch ohne Worte verstanden. Selbst dann, wenn er seiner Art nur ab und zu begegnen kann. Aber die ewige Verbundenheit ist da.“

„Bis bald, Akula.“ Paul lächelte. „Auf Wiedersehen, mein Freund.“

Kapitel 6

Mandulara

„Was is'n hier los? Klassentreffen oder was?"

Fünf kräftige Flusspferde tummelten sich im schlammig braunen Wasser. Chuck stand staunend am Krokodilfluss und betrachtete das Schauspiel.

Kaum waren die Schweinswale mit Akula verschwunden, tauchten neue Helfer auf. Doktor Noa hatte einige Flusspferde gebeten, die Tierflüsterer und ihre Lehrerinnen sicher und möglichst trocken ans nächste Ufer zu bringen. Auf ihr Rufen hin bauten sich die fünf Säuger, die zuvor im Wasser gedümpelt hatten, am Ufer auf. Ihre Körper waren nur zur Hälfte im Fluss, sodass alle halbwegs trocken auf ihnen sitzen konnten.

„Bitte steigt jeweils zu zweit auf ein Tier", bat Doktor Noa. „Poppy, du reitest allein, weil ich schon Iggy mitnehme."

„Alles klar, Eli."

Bewundernd sah Chuck, wie Lady Poppy sich auf ein kräftiges Flusspferd schwang. Die Lehrerin tätschelte seinen speckigen Nacken und schnalzte mit der Zunge. Das massige Tier setzte sich sofort in Bewegung und schritt so vorsichtig durch das Gewässer, dass lediglich die Beine der Lehrerin nass wurden. Auch der Rucksack blieb trocken.

„Wahnsinn!" Coco staunte. „Das macht das Flusspferd nur für Lady Poppy. Flusspferde galoppieren nämlich normalerweise unter Wasser und tauchen dabei immer wieder auf, um Luft zu holen. Schwimmlaufen nennt man das."

„Geschafft!"

Lady Poppy winkte vom anderen Ufer. Kaum war sie von ihrem Flusspferd gestiegen, als sie auch schon mit schnellen Schritten in den dichten Gräsern von Mandulara verschwand.

„Was macht sie, Doc?", fragte Mohit verwundert. „Geht sie schon ohne uns los?"

Doktor Noa grinste. „Lasst euch überraschen!"

Sie öffnete den großen Leinenbeutel, den sie über der Schulter trug, damit Iggy hineinkriechen konnte.

„Los geht es, mein Freund."

„Der Beutel müffelt", zischte der Blaue Leguan.

Doktor Noa zuckte mit den Schultern. „Tut mir leid. Das nächste Mal parfümiere ich ihn für dich."

Krsssssch!

Der Leguan zischte empört, verschwand aber dann im Beutel.

Chuck grinste.

„Wir sind fertig." Doktor Noa sah in die Runde. „Iggy und ich warten so lange, bis ihr alle sicher drüben seid. Dann erst kommen wir nach. Wir machen, wie man das so schön sagt, die Lumpensammler."

„Okay, Leute, wenn ihr nich wisst, wie man so 'n Flusspferd reitet, fragt mich!" Chuck verschränkte die Arme vor der Brust. „Hab ich schließlich schon ma gemacht."

„Und ich war dabei." Jerry knarzte lautstark mit seinen Mundwerkzeugen. „Superman und Chuck, ein Held und sein Tierflüsterer."

„Öh." Chuck überlegte. „Wer ist jetzt noch mal der Held? Du oder ich?"

„Oh Mann. Jetzt haben wir zwei Angeber", flüsterte Amy.

„Das hab ich gehört." Chuck hob die Brauen. „Nur kein Neid."

Kaum war die Bemerkung aus ihm herausgeplatzt, biss

Chuck sich auf die Lippen. Nach seinem Rauswurf aus Whisperworld hatte er sich fest vorgenommen, sich nicht mehr so supercool zu geben. Eigentlich wollte er Amy auch gar nicht blöd antworten, aber irgendwie nervten ihn momentan sogar Sprüche, über die er sonst immer gelacht hatte. Chuck verstand selbst nicht, warum. Verstohlen warf er einen Blick zu Doktor Noa. Sie sah ihn mit einer Mischung aus Traurigkeit und Ärger an. Verflixt!

„Äh, kann ich behilflich sein?" Chuck verbeugte sich höflich.

„Warum nicht? Ich glaube, ich bin ganz froh, wenn du mit anpackst", gab Coco zu.

Galant reichte Chuck nacheinander Amy und Coco die Hand, damit sie auf ihr Flusspferd steigen konnten. Die anderen schafften den Aufstieg allein. Enisa ritt mit Paul, Chuck mit Mohit.

„Darf ich dir mal was sagen?", flüsterte Mohit, während er sich auf dem Flusspferd an Chuck klammerte.

„Mmmh." Chuck runzelte die Stirn. „Wenn's sein muss."

„Lass nicht wieder den Angeber raushängen. Mahatma Gandhi hat mal gesagt: *Sei du selbst die Veränderung, die du dir wünschst für diese Welt.*"

Chuck biss sich auf die Lippen. Natürlich wusste er, dass Mohit recht hatte. Er musste aufpassen, dass er nicht noch einmal aus Whisperworld rausgeschmissen wurde. Mohits Hinweis war nett gemeint und er war ihm dafür dankbar. Er würde sich jetzt zusammenreißen. Der Tag war anstrengend gewesen und er vielleicht ein bisschen gereizt. Damit war jetzt Schluss.

Schweigsam saß er mit seinem Freund auf dem Flusspferd, während das Tier trittsicher und in Zeitlupe durch das Wasser watete oder an tieferen Stellen mit den Reitern schwamm.

„Danke dir, Hippo!"

Chuck gab dem Flusspferd einen Klaps auf den Hintern. Nachdem er abgesprungen war und in Mandulara festen Boden unter den Füßen spürte, war Chuck wieder ganz der Alte. Frech, vorlaut, immer zu Späßen aufgelegt, aber dabei liebenswert.

„Wie geht es denn nun weiter?", fragte Enisa, die mit Paul als Vorletzte den Fluss überquert hatte. „Müssen wir ab hier laufen? Für den langen Weg durch Mandulara und bis zur Simari-Schlucht würde ich ein Reittier durchaus begrüßen."

Doktor Noa, die kurz hinter den beiden mit Iggy als Letzte ankam, gab den Tierflüsterern das Zeichen, sich hinzusetzen. „Poppy sorgt für das notwendige Transportmittel. Wir müssen einfach hier warten."

Chuck zog eine Grimasse. „Okay, ich hab Hunger und Durst, würde gern was essen und trinken. Genehmigt?"

„Nur zu!" Doktor Noa deutete auf die Kisten mit dem Proviant, die kurz zuvor beinahe verloren gegangen wären. „Ein Glück, dass sie wasserdicht verschlossen sind."

Chuck hob den Deckel einer Kiste an und entdeckte Obst, Messer und etliche Wasserflaschen.

„Wer möchte Kokosnuss?" Er schnappte sich eine Frucht, jonglierte sie eine Weile in der Luft und legte sie dann auf den Boden. „Jetzt brauche ich nur noch eine Machete, dann gibt's eine Runde Kokoswasser für alle."

Doktor Noa schüttelte den Kopf. „Eine Machete! Du träumst wohl, Chuck. Gib mir die Frucht."

Wortlos reichte Chuck die Kokosnuss an Doktor Noa weiter.

Sie zog ein langes, breites Messer aus ihrem Rucksack, legte die Frucht in eine Mulde auf dem Boden und schlug mit einem einzigen Hieb einen schmalen Deckel davon ab.

„Wer möchte Kokoswasser?"
Chuck hob als Erster den Finger und trank gierig ein paar Schlucke von dem leicht herben, säuerlichen Saft. Danach wurde die Kokosnuss herumgereicht, während Doktor Noa auch noch eine zweite und dritte köpfte.
„Oho, Trinkpause. Gute Idee." Jerry spreizte die Flügel und stieß sich von Chucks Schulter ab. „Dann mal bis später!"
Belustigt sah Chuck seinem Käferfreund nach. Jerry war wirklich eine coole Socke!
„Wo is denn jetzt Poppy abgeblieben?", wollte Chuck von Doktor Noa wissen.
Die Schulleiterin kaute gemächlich das Stück Kokosfleisch, das sie sich gerade in den Mund gesteckt hatte. Dann wischte sie sich die Lippen ab.
„Ihr wisst, dass Silvester der Tierflüsterer der Nebelparder ist, meine Art sind die Basule. Coco ist Tierflüsterin der Luchse, Mohit hat das Flüstern der Miracorns gehört. Pauls Art sind die Schwarzspitzen-Riffhaie und zu dir, Chuck, gehören inzwischen die Nashornkäfer." Sie strich sich eine Locke aus dem Gesicht und sah in die Runde. „Nicht jeder Vertreter einer Tierart kann ständig an der Seites seines Tierflüsterers unterwegs in Whisperworld

sein, das habt ihr inzwischen gemerkt." Sie sah zu Coco und Paul. „Das macht eure Verbindung jedoch nicht weniger intensiv. Ein Käfer wie Jerry kann natürlich problemlos überallhin mitkommen, er ist klein und findet immer Futter. Auch die Miracorns gibt es fast überall in Whisperworld …"

„Auf was willst du raus, Doc?", fragte Chuck ungeduldig.

„Oh Mann, Chuck", zischte Amy. „Grätsch doch nicht immer in jedes Gespräch, du nervst!"

Du nervst selbst, aber so was von!, lag Chuck schon auf der Zunge. Aber dann schluckte er seine Bemerkung wieder hinunter. Er hatte aus seinen Fehlern gelernt und wollte Doc nicht verärgern.

Doktor Noa sah von einem zum anderen. „Poppy ist Tierflüsterin der …"

Ein Donnern und Stampfen durchbrach die Stille. Der Boden bebte, vibrierte und erzitterte, als würde sich gerade ein Erdbeben ereignen, als stünde ein Tsunami bevor oder als würde gleich ein Vulkan explodieren. Erschrocken sprangen die Tierflüsterer auf und rannten zum Ufer, um sich notfalls ins Wasser retten zu können.

Sekunden später brachen vier plumpe graue Tiere in

erstaunlicher Geschwindigkeit durch die wogenden Gräser. Drei von ihnen waren beeindruckend groß und schwer, das vierte etwas kleiner und zierlicher. Auf dem kräftigsten hockte Lady Poppy, die Beine weit gespreizt, den rechten Arm in die Luft gereckt wie ein Cowgirl.

Mit weit aufgerissenen Augen betrachtete Chuck die Tiere.

„Nashörner! Krass!"

Offensichtlich waren die drei großen Tiere Männchen, das kleinere Tier ein Weibchen. Die Männchen hatten eine Körperlänge von etwa vier Metern. Alle Köpfe waren extrem massig und trugen zwei hintereinander angeordnete Hörner – eins auf der Nase, das andere auf der Stirn, wobei das vordere Horn wesentlich größer war. Die Mäuler der Tiere waren breit, die Hälse mit den zahlreichen Hautfalten kurz, im Nacken hatten sie einen auffälligen Buckel. Die Beine waren kurz und stämmig und unglaublich muskulös.

„Das sind wirklich Nashörner!" Coco wich erschrocken einen weiteren Schritt zurück.

Amy konnte sie gerade noch am Arm packen, sonst wäre sie rücklings in den Fluss gestürzt.

„Breitmaulnashörner", korrigierte Lady Poppy von

ihrem Reittier aus. „Genauer gesagt: Nördliche Breitmaulnashörner, die viertgrößten Landsäugetiere der Erde. Sie gelten in der Wildnis als ausgestorben. Forscher versuchen jetzt sogar, sie durch künstliche Befruchtung und Stammzellenforschung sozusagen wieder zum Leben zu erwecken." Die Wildhüterin lachte. „Wie gut, dass das in Whisperworld nicht nötig ist. Hier leben sie einfach glücklich weiter."

Kurz vor den Tierflüsterern stoppte das Nashorn mit Lady Poppy, die Lehrerin sprang ab und deutete mit breitem Grinsen auf das Tier.

„Darf ich vorstellen? Das ist Jabari, mein ältester und bester Freund. Jabari ist gerade mal dreißig, aber Breitmaulnashörner können um die fünfzig Jahre alt werden." Sie straffte die Schultern. „Falls ich es noch nicht erwähnt habe: Ich bin dankbar, die Tierflüsterin der Nashörner zu sein, erwählt von diesem Breitmaulnashorn."

„Ich dachte immer … also, ich hab angenommen, dass Owen, das Krokodil, dein Tier ist", wunderte sich Chuck.

Lady Poppy lächelte. „Owen ist mein Freund, seit ich ihn vor Wilderern gerettet habe." Sie knuffte das Tier neben sich, das beinahe wie ein Relikt aus der Zeit der

Dinosaurier aussah, sanft in den Rücken. „Leider sehen wir uns nur selten. Aber die Breitmaulnashörner – allen voran Jabari – und ich sind auf eine ganz andere Art und Weise miteinander verbunden. Das ist mehr als Freundschaft."

Lady Poppy wischte sich verlegen die Augen. „Jabari hat außerdem gute Nachrichten. Ein paar Breitmaulnashörner haben Silvester noch vor zwei Tagen an der Simari-Schlucht gesehen. Wir können also hoffen, dass es ihm gut geht."

Die Tierflüsterer jubelten, Doc und Lady Poppy fielen sich erleichtert in die Arme.

Der plötzliche Lärm hatte die vier Breitmaulnashörner allerdings so erschreckt, dass sie sich hinter einige Büsche geflüchtet hatten. Erst als Ruhe herrschte, kamen sie vorsichtig wieder näher.

„Entschuldigt, meine Freunde." Lady Poppy seufzte. „Wir hätten mehr Rücksicht auf euch nehmen sollen. Aber wir haben uns so gefreut, endlich ein Lebenszeichen von Silvester zu bekommen."

Jabari nickte bedächtig.

„Wahnsinn, er ist so groß und … so beeindruckend. Darf ich ihn mal anfassen?", fragte Coco.

Jabari legte den Kopf schief, was Coco als Zustimmung wertete.
Verblüfft sah Chuck, wie wieder einmal die Kleinste und Schmalste der Tierflüsterer ohne Scheu auf das imposante Tier zuschritt, Jabari einmal umrundete und das Breitmaulnashorn dann am Bauch streichelte. Chuck betrachtete die Haut der Tiere, die wie der Schutzpanzer eines Ritters aussah.
Er holte tief Luft. „Ich will auch."
Lady Poppy grinste. „Macht nur!"
Geduldig ließ sich Jabari auch von Chuck berühren. Der spürte die derbe, unbehaarte Haut unter seinen Fingern, die extrem dick und fest wirkte.
Coco hatte sich mit einem ihrer Notizbücher vor die Nashörner gestellt und begann, sie mit geschickten Strichen zu zeichnen.
Lady Poppy nahm einen Hautlappen von Jabari zwischen die Finger, was sich dieser widerstandslos gefallen ließ. „Seht her, Tierflüsterer!" Lady Poppy grinste. „Zusammen mit den Elefanten, Flusspferden und Tapiren werden Nashörner zu den sogenannten Dickhäutern gezählt."
Inzwischen waren auch die drei anderen Nashörner

näher gekommen und standen abwartend vor der Menschengruppe. Chuck reckte sich neben Jabari in die Höhe. Bis zum Rücken war das Nashorn etwa so groß wie er. Seine ursprünglich dunkle Farbe konnte man nur an wenigen Stellen erahnen, die meiste Haut war von einer dicken, hellen Lehmschicht bedeckt.

„Nashörner sind keine Schmutzfinken, auch wenn es danach aussieht", erklärte Lady Poppy. „Sie wälzen sich im Dreck, damit sie besser vor der Sonne, vor Insekten und Parasiten geschützt sind."

Behutsam machten jetzt auch Amy, Enisa, Mohit und Paul einen Schritt auf die Nashörner zu.

„Begrüßt mit mir Jabina, Kito und Asante", forderte Doktor Noa, lief zu jedem Nashorn und tätschelte sanft über das breite Maul. „Danke, dass ihr uns helfen werdet."

„Was heißt helfen?", wollte Chuck wissen. „Was machen die hier?"

Doktor Noa lachte. „Na, das sind die Reittiere, von denen ich euch erzählt habe."

„Elefanten, Kamele, Dracoferi … und jetzt Nashörner." Mohit holte tief Luft. „Ich bin gespannt, worauf wir als Nächstes reiten werden."

„Macht ihr euch Sorgen?" Lady Poppy sah von einem zum anderen. „Niemals würden euch die Tiere etwas tun. Sie wissen genau, dass ihr Tierflüsterer seid und unter meinem besonderen Schutz steht. Sie sind etwas ungewöhnliche, jedoch zuverlässige Reittiere."

„Aber ziemlich behäbig, oder?", wollte Paul wissen. „Also … ich meine, sie sind schon recht … äh … dick?!"

„Täusche dich nicht, Paul", gab Lady Poppy zurück. „Nashörner sind recht flott unterwegs. Im Galopp können sie bis zu vierzig Stundenkilometer erreichen. Sie sind also schneller als Menschen, ungefähr so wie ein rennender Schäferhund. Der einzige Punkt, auf den ihr achten solltet: Nashörner sind ziemlich schreckhaft und können von einer Sekunde auf die andere einfach stehen bleiben …"

„… und uns dann mal ganz locker abwerfen", brachte Chuck den Satz zu Ende.

Lady Poppy zuckte mit den Schultern. „Könnte passieren."

Enisa seufzte. „Also ganz ähnlich wie bei Kamelen. Man muss immer auf der Hut sein."

„So ist es." Doktor Noa deutete auf das Gepäck, das unter den Büschen lag. „Jetzt, wo wir wissen, dass sich Silvester in der Nähe der Simari-Schlucht aufhält, sollten wir uns beeilen. Lasst uns so schnell wie möglich zusammenpacken und losreiten. Bitte helft Poppy und mir, die Taschen und Kisten auf Jabina festzubinden."

Chuck rannte sofort los, um Schnüre und Befestigungsseile zu holen. Er wollte so schnell wie möglich auf so einem Koloss reiten.

Kaum war Jabina beladen, meldete sich Chuck mit lautem Fingerschnipsen.

„Poppy? Pooooppy! Darf ich als Erster auf eins der Breitmaulnashörner? Ich mein, ich bin ja schon mehrmals auf so 'nem Flusspferd geritten. Also?"

Lady Poppy grinste. „Das hört sich schwer nach Dickhäuter-Führerschein an, Chuck. Versuch's mal mit Asante. Jabari reiten Doc, Iggy und ich. Kito wird die Mädchen tragen."

Jerry, der gerade erst wieder zu Chuck zurückgekehrt war, flatterte eilig auf einen nahe gelegenen Busch. „Ohne mich, Alter. Ich warte, bis du es draufhast."

Aus den Augenwinkeln beobachtete Chuck, wie sich Amy, Coco, Enisa, Mohit und Paul in einiger Entfernung von Asante aufbauten. Das Breitmaulnashorn hob kurz den Kopf, blieb aber stehen.

„Okay.“ Chuck spuckte in die Hände, nahm Anlauf, versuchte auf den Rücken des Tieres zu springen, prallte ab und landete unsanft auf dem Boden. „Verflixt!“
Die anderen Jungen und Mädchen verkniffen sich ein Lachen, Lady Poppy und Doc schmunzelten.
Chuck hob die Brauen. „Noch mal!“
„Lass es, Kumpel, das wird nichts“, knarzte Jerry, der über ihm flatterte. „Die Typen müssen irgendwo eine Treppe haben, wenn du mich fragst.“
Amy, die direkt neben Chuck stand und die Bemerkung des Nashornkäfers gehört hatte, amüsierte sich darüber. „Keine Treppe, einen Aufzug, Jerry!“
Doch Chuck ließ sich nicht beeindrucken, ihn hatte der Ehrgeiz gepackt. Diesmal nahm er noch größeren Anlauf, raste auf Asante zu, versuchte sich irgendwie am Buckel des Nashorns festzuhalten und sauste stattdessen über die ledrige Haut des Tieres auf der anderen Seite wieder hinunter. Kopfüber. Es war gut, dass der rötliche Boden der Savanne sandig und feinkörnig war. Außerdem federten die Gräser Chucks Sturz ab.
Zu Chucks Überraschung lachte ihn keiner aus, im Gegenteil: Alle applaudierten.

„Die Schulterhöhe eines Nashorns ist noch beeindruckender als die eines Nilpferds. Ich finde es sehr mutig, dass du es probierst, Chuck." Lady Poppy nickte.
Chuck wagte einen dritten Versuch … und diesmal landete er tatsächlich auf Asantes Rücken.
„Yee-haw!", brüllte er begeistert und schwenkte den rechten Arm.
Das war zu viel für das arme Nashorn. Asante schoss mit Karacho los. Chuck versuchte noch, sich an seinem Buckel festzukrallen. Ohne Erfolg. In hohem Bogen purzelte er vom Körper des Breitmaulnashorns. Zum Glück landete er in einer sandigen Mulde.
„Chuck!" Doktor Noa stürmte zu ihm.
Rooooaaar!
Von der anderen Seite des Flusses war das Brüllen von Carlos zu hören. Der Löwe hatte die Szene offensichtlich genau beobachtet und trottete unruhig am Ufer hin und her.
„Ist dir etwas passiert?" Lady Poppy kniete sich neben den Jungen.
Chuck bewegte sich nicht. Sein Gesicht war in den Sand gepresst, rote Erde klebte in seinen Haaren.

„Was ist los, Kumpel?“ Mit großem Radau zog Jerry Kreise über seinem Tierflüsterer. „Mach keinen Quatsch!“
„Chuck“, flüsterte Enisa.
„Kannst du mich hören?“ Coco tippte leicht auf seine Schulter.
Da hob Chuck mit einem Mal den Kopf, spuckte eine Portion Sand aus, rappelte sich ins Sitzen auf und begann zu prusten. Zur Erleichterung aller konnte er sich kaum halten vor Lachen, schlug sich auf die Schenkel, wischte sich die rote Erde von der Hose, giggelte und kicherte.
„Meine Damen und Herren“, rief er schließlich, stand auf und verbeugte sich. „Keine Sorge, nix passiert, hab echt Schwein gehabt. Gestatten Sie? Vor Ihnen steht Chuck Morton, der mieseste Nashorn-Cowboy von hier bis Feuerland. Ich bitte um donnernden Applaus!“

Kapitel 7

Wilde Tiere, weites Land

Coco hatte die Arme um Amys Bauch geschlungen, den Kopf an die Schulter der Freundin gelehnt und blickte in die offene Landschaft der Savanne. Hinter ihr kauerte Enisa, die wiederum ihre Arme um Cocos Bauch geschlungen und den Kopf an Cocos Rücken gelehnt hatte. In diesem wunderbaren Gleichklang ließen sich die drei von Kito, dem Breitmaulnashorn, gemächlich durch Mandulara tragen.

„Ist das nicht wunderschön, dieses weite Land?“, flüsterte Coco.

Sanft wiegten sich rotes Hafergras, Zitronengras und Bermudagras im leichten Wind, vereinzelt ragten Affenbrotbäume, Schirmakazien oder riesige Termitenhügel in die Höhe. Aber das Überwältigendste an Mandulara waren die Tiere: Huftiere wie Gazellen und Wasserbüffel, verschiedenste Raubtiere, Straußenvögel, Elefanten, Geier und Adler, Springmäuse, Heuschrecken, alle Arten von

Käfern und sogar Kängurus. Giraffen staksten auf ihren langen Beinen durch die Gräser und pflückten auch die höchsten Blätter von den Bäumen.

„Wie lustig das aussieht“, kicherte Amy.

„Sehen sie nicht beinahe ein bisschen zerbrechlich aus?“, überlegte Enisa. „Wie die Mutterkuh da vorne. Auf ihren langen Beinen stolziert sie durchs Gras. Und ihre Kälber folgen ihr etwas wackelig. Alles wirkt so weich und fast unsicher. Und wie können sie mit ihren zarten Mäulern dieses Gestrüpp fressen?“

Coco nickte. „Giraffen lieben Akazienblätter, aber auch junge Baumtriebe oder Knospen. Seht mal!“ Sie deutete auf ein Tier, das sich – kaum zwei Meter von ihnen entfernt – beim Fressen nicht stören ließ. „Ihre Zunge kann bis zu einem halben Meter lang werden. Sie benutzt sie zum Abpflücken der Blätter.“

„Uuuh!“ Enisa schüttelte sich. „Die Akazie ist voller Dornen.“

Coco nickte. „Die Zunge und die Lippen der Giraffen sind dickhäutig, damit sie sich nicht verletzen, wenn sie solche Pflanzen fressen.“

Enisa blickte nach rechts und links. „Wie viele Giraffen

es hier gibt. Die Anmut ihrer Bewegungen berührt mein Herz!"

„Das geht leider nicht allen so." Coco seufzte. „Wusstet ihr, dass die Anzahl der Giraffen in den letzten dreißig Jahren um unfassbare vierzig Prozent abgenommen hat? Das habe ich heute Morgen extra noch mal in meinen Heften nachgelesen. Ihr Lebensraum geht verloren, viele sterben auch durch Wilderei."

„Wilderei?" Amy schüttelte entsetzt den Kopf. „Man kann sich so ein riesiges Tier doch nicht ausgestopft in den Flur stellen?"

Coco holte tief Luft. „Es ist viel schlimmer, Amy. Aus ihren Knochen werden Schnitzereien gefertigt, die Haut wird als Bespannung für Trommeln verwendet, ihre Innereien für angebliche Medizin."

„Grausam", meinte Enisa.

„Giraffen sind wirklich gefährdet, sie brauchen unseren Schutz", erklärte Coco. „Ihr langsames Verschwinden nennt man auch *leises Aussterben*. Es gibt immer weniger Giraffen, aber kaum jemand merkt es."

„Oh Mann, wie schade", meinte Amy. „Wer weiß, vielleicht werde ich ja Tierflüsterin der Giraffen."

Coco deutete auf die ausgedehnte Graslandschaft, in der es kaum Bäume gab. Dafür jede Menge Zebras, Gazellen, Antilopen und Büffel.
„Wie wäre es mit einem von diesen Tieren, Amy? Jedes Zebra hat seine ganz spezielle Färbung. Aber auch die unterschiedlichen Antilopenarten finde ich superschön."
Es sah beinahe so aus, als würden die Zebras gerade zwischen den anderen Tieren Fangen spielen, während Kaffern- und Sudanbüffel, Heuglin-Gazellen, Gnus und Kudus ungerührt neben ihnen grasten.
„Unglaublich! Seht euch mal diese Hörner an!"
Neben ein paar Büschen hatte Coco besonders zierliche, honigbraune Antilopen mit kunstvoll geschwungenen Hörnern entdeckt. Über den Augen trugen sie einen länglichen weißen Fleck, schwarze Flecken schmückten ihre Fesseln.
„Die kenne ich", rief Amy. „Aus den Zoos, in denen ich mit meinen Eltern war. Das sind Impalas!"
Mandulara war wirklich ein Paradies für Tiere aller Art. Je länger sie die weiten Ebenen durchquerten, desto glücklicher fühlte sich Coco. Vor ihr saß ihre Freundin Amy, hinter ihr Enisa. Alles erschien ihr so friedlich.

„Wir werden beobachtet“, flüsterte Enisa.
Eine Familie von Erdmännchen baute sich in einiger Entfernung neugierig auf, um sich die vier Breitmaulnashörner mit ihren seltsamen Reitern näher anzusehen. Schimpansen und Husarenaffen mit dem auffällig roten Fell am Kopf tollten in den wenigen Bäumen umher, Paviane hockten entspannt im Schatten darunter und knabberten Früchte oder Pilze.
Langsam ließ die größte Hitze nach. Das grelle Licht der Sonne nahm die Farbe des Bodens auf und veränderte sich zu einem weichen, orangeroten Leuchten, das die Savanne und selbst die Körper der Tiere golden einzufärben schien.
„Bald geht die Sonne unter. Sunset“, flüsterte Amy. „Diese Zeit des Tages mag ich besonders.“
Coco hielt nach den anderen Breitmaulnashörnern Ausschau, auf denen Chuck, Mohit und Paul sowie Doktor Noa und Poppy ritten. Die Dickhäuter liefen nicht nebeneinander, sondern in großen Abstand, wohl, um sich nicht in die Quere zu kommen. Irgendwo im Hintergrund marschierte Jabina mit dem Gepäck. Danach folgten Carlos und schließlich Iggy. Der Blaue Leguan hatte es nicht lange in Docs Beutel ausgehalten.

„Ganz ehrlich?“ Coco sah nach vorn zu Amy, dann nach hinten zu Enisa. „Es ist auch mal ganz schön, so ruhig durch Mandulara zu reiten. Nur mit euch beiden! Chuck war heute ganz schön nervig, Mohit hat ausgesehen, als würde er ihm am liebsten den Mund zukleben. Paul hat es auch nicht gepasst, aber er hat sich zurückgehalten.“

Enisa zuckte mit den Schultern. „Das macht uns aus. Wir sind alle sehr unterschiedlich, aber ein gutes Team, wenn es darauf ankommt.“

Coco seufzte und betrachtete die Sonne, die als knallroter Ball langsam am Horizont verschwand. „Müssten wir nicht bald irgendwo rasten?“

Amy leckte sich die Lippen. „Jetzt, wo du es sagst, bekomme ich mächtig Kohldampf.“

Kaum hatte sie das gesagt, gab Lady Poppy das Zeichen zum Anhalten. Die Wildhüterin hatte sich einen besonders schönen Platz in der Savanne ausgesucht: Die Gruppe würde ihr Lager unter einer riesigen Schirmakazie aufbauen, mitten im wogenden Gras. Einige Meter entfernt standen drei kräftige Affenbrotbäume an einer Wasserstelle, die im Licht der Abendsonne glitzerte.

„Seht euch mal die kleinen gelben Blumen an!“, rief Amy.

„Das sieht ja fast wie eine Sommerwiese in Schweden aus. Oh Mann, ich muss durch diese Wiese laufen, ich muss!"
Noch vor allen anderen ließ sie sich von Kito gleiten, schlüpfte aus ihren Schuhen, breitete die Arme aus und hüpfte jauchzend durchs Gras. Allerdings nur einen kurzen Moment, dann ging ihr Jauchzen in Stöhnen über. Amy stoppte mitten im Lauf und rieb sich die Fußsohlen.
„Amy!" Lady Poppy war zu dem Mädchen geeilt. „Oje, die Blumen in der Savanne solltest du nicht unterschätzen. Sie wehren sich natürlich, sonst würden sie sofort aufgefressen. Und das hast du jetzt leider zu spüren bekommen."
Coco beobachtete, wie Amy schmerzhaft den Mund verzog, zurück zu Kito humpelte und dort ihre Schuhe packte.
„Wir helfen dir rauf, du kannst ja nicht mehr richtig laufen!" Coco und Enisa zogen Amy auf das Nashorn.
„Wenn wir unser Lager aufgebaut haben, kümmert sich Poppy um deine Füße." Doktor Noa sah zu den kleinen Blumen. „Sie sehen so lieblich und unschuldig aus. Man nennt sie jedoch Teufelsdorn, zumindest kenne ich sie unter diesem Namen von meinem Vater. Ihre grünen Blätter haben fiese kleine Stacheln."

„Das habe ich gemerkt“, jammerte Amy. „Aua!“

Unter der Schirmakazie ließ sie sich erneut von Kito gleiten, setzte sich im Schatten nieder und zog sich die feinen Stacheln aus den Füßen. Auch die anderen Tierflüsterer waren inzwischen von ihren Reittieren abgestiegen, die sofort zur Wasserstelle rannten. Kaum hatten Doktor Noa und Paul Jabina von ihrem Gepäck befreit, stapfte das Nashornweibchen den drei anderen hinterher.

Hand in Hand arbeiteten Lady Poppy, Mohit und Paul, um zwei Zelte aufzubauen. Coco half Amy zunächst, die Dornen aus ihren Füßen zu ziehen. Danach schichtete sie Holz für ein Lagerfeuer auf, um das Amy humpelnd und mit schmerzverzerrtem Gesicht einen Graben zog. Auf keinen Fall sollten Flammen auf das Gelände übergreifen. Inzwischen richtete Doktor Noa den Proviant für ein Abendessen her.

Nur Coco bemerkte, dass Enisa sich nicht an den Arbeiten beteiligte. Das Mädchen war zu einer Gruppe Kakteen gelaufen und machte sich daran mit einem Messer zu schaffen. Es kehrte mit einem fleischigen Blatt zurück, bat Amy, sich zu setzen, und kniete sich vor sie hin.

Neugierig beobachtete Coco, wie Enisa das Blatt mit einem sicheren Schnitt durchtrennte und ein paar Tropfen des Dicksafts, den es enthielt, auf Amys Fußsohlen träufelte.
„Was ist das?", wollte Amy wissen.
„Agavensaft. Er sollte den Schmerz lindern. So haben wir es in Poppys Unterricht gelernt", erklärte Enisa. „Ich hoffe, es klappt."
Lady Poppy legte ihre Hand auf Enisas Schulter. „Gut aufgepasst, Enisa. Ich danke dir."
Coco wandte sich an Amy. „Merkst du schon was? Wird's besser?"
Amy zuckte mit den Schultern. „Vielleicht. Mal abwarten."
Kurze Zeit später hockte die ganze Gruppe vor den Zelten auf ein paar Teppichen am Boden und ließ sich Mangos, Kokosnüsse und eine große Schüssel Couscous-Salat mit Fladenbrot schmecken. Chuck und Paul stocherten mit langen Stöcken im Lagerfeuer, das Lady Poppy gegen die kühle Abendluft angezündet hatte.
Doktor Noa stand auf und straffte die Schultern.
„Tierflüsterer, ich möchte euch gerne einen neuen Lehrer vorstellen. Er wird uns auf der Suche nach Silvester und Devin Dolor begleiten. Sein Name ist Rapax."

Während sich Amy, Coco, Chuck, Enisa, Mohit und Paul suchend nach allen Seiten umsahen, erfüllte ein Rauschen die Abendluft. Der Umriss eines großen Vogels war am Horizont zu erkennen. Näher und näher kam das Tier.

„Ein Adler", raunte Coco den anderen zu.

„Nicht irgendein Adler, sondern ein Savannenadler", gab Doktor Noa zurück.

Aus den Augenwinkeln sah Coco, wie Chuck und Paul ihre Stöcke aus dem Feuer zogen und zum Himmel spähten. Über ihnen zog der Adler majestätisch ein paar Kurven, sodass man seine hellbraunen Federn und die schwarzen Spitzen der Schwingen sehen konnte.

Jeek-jeckjeck!, hörte Coco sein Rufen.

„Er nutzt geschickt die Thermik zum Segelflug", flüsterte ihr Mohit zu. „Die äußeren Schwungfedern sind abgespreizt, die Schwingen weisen leicht nach vorn."

Noch immer stand Doktor Noa ruhig da, bis der Adler zum Sturzflug ansetzte. Er klappte die buschigen Fänge nach vorn, die Flügel nach hinten und landete gekonnt direkt vor ihr auf einem Ast.

„Willkommen, mein Freund." Doktor Noa lächelte.

„Gudizusewudaze", antwortete der Adler.
Zumindest hörte das Coco: ein Wirrwarr an Lauten, mehr nicht. Aber natürlich wusste sie inzwischen, dass sie sich dem Tier mehr zuwenden musste, wollte sie etwas verstehen.
„Ich finde es auch schön, dich zu sehen", antwortete Doktor Noa. „Du hast recht, es wurde höchste Zeit. Weißt du etwas über Silvester?"
Rapax drehte den Kopf so, dass Coco seinen leuchtend gelb-schwarzen Schnabel und die dunklen Knopfaugen bewundern konnte. Sie wusste, dass die Greifvögel damit unglaublich scharf sehen konnten. Mit Adleraugen eben. Instinktiv konzentrierte sie sich und nahm durch ihre Körperhaltung Kontakt mit dem Tier auf. Auch die anderen Tierflüsterer versuchten das.
„Ich hatte ihn zunächst am Rand der Schlucht gesehen", fuhr Rapax fort. „Das Letzte, was ich dann von ihm erspäht habe, waren … ich weiß, es klingt merkwürdig … waren seine Stiefel."
„Seine Stiefel?" Lady Poppys Stimme klang schrill.
„Genauer: ein Bein mit einem Stiefel", gab Rapax zurück. „Es hing aus einem großen Loch in der Schlucht. Ich

habe angenommen, dass Silvester sich dort ein Nachtlager bereitet hat. Am nächsten Morgen war er fort."

Doktor Noa holte tief Luft. „Danke, Rapax." Und zu den Tierflüsterern und Lady Poppy gewandt sagte sie: „Lasst uns einfach vom Besten ausgehen. Einem Nachtlager in den Felsen. Mehr können wir jetzt sowieso nicht tun."

An ihren zitternden Händen erkannte Coco, dass Doc längst nicht so ruhig war, wie sie vorgab.

„Dann bis morgen, ich muss noch mal los!" Mit diesen Worten erhob sich der Savannenadler und verschwand in die Lüfte.

Coco sah ihm bewundernd nach. „Im Licht der untergehenden Sonne sehen Rapax und die anderen Tiere aus wie Scherenschnitte. Und alles wirkt so friedlich", meinte sie.

„Ich verstehe sowieso nicht, wie hier alle miteinander klarkommen", wunderte sich Mohit. „Die meisten sind doch Pflanzenfresser. Reicht das Futter denn für alle? Vor allem, wenn nicht gerade Regenzeit ist?"

„Eine gute und wirklich interessante Frage", lobte Doktor Noa und setzte sich. „Jeder Herbivore oder Pflanzenfresser, den ihr gesehen habt, bevorzugt ein bestimmtes Gras, das in Mandulara wächst. So können bis zu sechs verschiedene Grasfresser gleichzeitig auf engem Raum zusammenleben, ohne dass sich die Tiere in die Quere kommen. Giraffen beispielsweise kommen an die höchsten Bäume, die erreichen andere Tiere gar nicht. Manche Pflanzen produzieren auch Stoffe, die nur einer Tierart schmecken, anderen absolut nicht. Das ist der Grund für die Harmonie im Zusammenleben."

Roooooar!

Mit einem lauten Brüllen meldete sich Carlos zu Wort. „Und weil es so viele schmackhafte Grasfresser gibt, können auch Löwen, Leoparden und Geparden hier bestens miteinander auskommen." Der Löwe rekelte sich. „In der Abenddämmerung jagt es sich besonders gut. Ich verabschiede mich für eine Weile. Bis später. Mein Essen wartet."

Coco sah dem Löwen entrüstet nach. „Geht Carlos jetzt etwa zum Jagen? Frisst er vielleicht so eine hübsche Antilope?"

Doktor Noa zuckte mit den Schultern. „Das ist der Kreislauf des Lebens, Coco. Fressen und gefressen werden. Unser Carlos gehört nicht zu den Grasfressern. Ebenso wenig wie Rapax. Das war auch der Grund für seinen Aufbruch. Wir treffen ihn an der Simari-Schlucht wieder." Sie sah verträumt in die Ferne. „Lasst uns nicht zu spät schlafen gehen, ich möchte morgen so früh wie möglich aufbrechen. Ich mache mir große Sorgen um Silvester."

Die Chroniken von Whisperworld

Aufzeichnungen von Alexander Noa

Mandulara, kurz nach der Regenzeit
im Oktober 1903

Ich erkenne meine Frau nicht wieder! Myra, meine Liebste, mein Leben. So glücklich habe ich sie seit Langem nicht gesehen.

Ich muss Abbitte leisten, denn auch ich habe mich von gesellschaftlichen Normen leiten lassen, die besagen, dass eine Frau weder von der Konstitution noch vom Geist her für eine Expedition geeignet ist. Doch hier, in der weiten Savanne von Mandulara, wie ich das Gebiet genannt habe, ist nur Platz für Freigeister, Tierschützer und Menschenfreunde. Was gäbe ich darum, hätte ich mich längst gegen alle Konventionen und für das Recht der Frau entschieden. Jedem Tier sind Myras Geschlecht und ihre gesellschaftliche Stellung völlig egal. Und die Tiere lieben Myra!

Mit großer Befriedigung beobachte ich jede Situation, in der meine Gattin aus dem Staunen nicht mehr herauskommt. Meine Briefe und meine Erzählungen sind nichts gegen die Realität, so gesteht sie mir immer wieder.

Es ist kein Leichtes, die Gegenden zu erkunden und zu kartografieren. Doch ich habe meine Frau unterschätzt! Mit großem Elan, Tatkraft und Freude erlebt sie jeden Tag. Ihr Entzücken, wenn sie Giraffen und Gnus, Wasserbüffeln, Elefanten und Leoparden begegnet, rührt mich zutiefst. In diesen Momenten nagt es an mir, dass ich den besten Reisepartner, meine Gattin, so lange nicht habe mitnehmen können … oder wollen?

Viktor, der stattliche und loyale Löwe, der mich stets begleitet, hat ebenfalls großen Gefallen an Myra gefunden. Er lässt sie zu keiner Sekunde aus den Augen, ist stets auch an ihrer Seite.

Umso erstaunlicher war das heutige Erlebnis: Myra hatte sich inmitten von hohen Gräsern und in der Nähe eines mächtigen Affenbrotbaums verborgen, um Tiere zu beobachten. Wie sie mir später berichtete, machte sich in diesem Moment eine Hyäne zu ihr auf, die Myra keineswegs wohlgesonnen war. Die Situation hätte leicht unglücklich enden können, das Tier setzte bereits zum Sprung an, als ein riesiger Adler vom Himmel stieß. Er verjagte die Hyäne und ließ sich dann auf dem Affenbrotbaum in unmittelbarer Nähe nieder. Und dort … vernahm Myra sein Flüstern, wie ich später erfuhr.

Das Flüstern des Savannenadlers Kro.

Myra verstand ihn sofort und war in höchstem Maße angetan von dem Greifvogel. Fürwahr ein stattliches, majestätisches Tier mit einem braunen Federkleid, schwarzen Flügelspitzen, einem auffällig gelben Schnabel und wachen Augen, die tief blicken können.

Folgerichtig wurde Myra beim nächsten Vollmond in einer eindrucksvollen Zeremonie Tierflüsterin dieser Adler.

Es würde meine Aufzeichnungen sprengen, würde ich von all den Freundschaftsbeweisen von Kro und Myra berichten, die darauf folgten. Es war beinahe so, als begänne eine symbiotische Beziehung, als hätte ein Zwilling den anderen gefunden. Seither vergeht kein Tag, an dem Kro meine Frau nicht durch die Savanne begleitet, auf ihrem ausgestreckten Arm landet, ihr die Tierwelt und ihre Schönheit nahebringt. Wohlan, ich gestehe durchaus, dass ich zu mancher Stunde schon glaubte, Myra würde meiner Hilfe nicht mehr bedürfen. Beinahe nagte ein Gefühl wie Eifersucht an mir. Doch das Gegenteil ist der Fall! Kros Expertise und seine Freundschaft lassen Mandulara für uns zu einem Ort werden, an dem wir uns geborgen und zu Hause fühlen.

Niemals werde ich dieses erhabene Tier vergessen, das mir die besonderen Fähigkeiten meiner Frau vor Augen geführt hat. Und ich danke dem Umstand, dass Myra sich so problemlos auf der Expedition zurechtfindet und die Tiere sie so schätzen. Es wurde Zeit, dass meine Frau dabei ist. Es wurde höchste Zeit, dass mir die Augen für die Gleichheit von Mann und Frau geöffnet wurden.

Myra wünscht sich, dass wir erneut nach Whisperworld reisen, sobald diese Expedition vorüber ist. Sie kann es kaum erwarten, neue Teile von Whisperworld zu entdecken. Und ich verspreche: Das werden wir, meine geliebte Frau!

Kapitel 8

Die Savanne brennt!

Als Enisa am nächsten Morgen verschlafen den Kopf aus dem Zelt steckte, färbte weiches, gelbes Licht das langhalmige Savannengras. Die wenigen Büsche und Bäume wirkten wie in goldene Farbe getaucht. Direkt vor den beiden Zelten hatten sich Carlos und Iggy ausgestreckt, und während sich der Löwe von der nächtlichen Jagd erholte, nahm der Leguan schon sein erstes Sonnenbad.
„Guten Morgen, Iggy, gut geschlafen?“, flüsterte Enisa, kroch aus dem Zelt und rekelte sich.
Am Horizont sah sie zahlreiche Gnus, Antilopen, Zebras und Giraffen, Schuppentiere und Erdferkel, die an der Wasserstelle tranken. Danach würden sich die nachtaktiven Tiere zur Ruhe legen und die tagaktiven sich zum Fressen aufmachen. Unter ihnen waren auch die vier Breitmaulnashörner, die den Tierflüsterern und ihren Lehrerinnen als Transporttiere dienten.
Enisa hatte den Ritt durch Mandulara sehr genossen und

freute sich schon auf die Fortsetzung. Gerade wollte sie das Frühstück vorbereiten, als ihr ein seltsamer Geruch in die Nase stieg. War das … ein Brand?

Enisa schnüffelte, kniff die Augen zusammen und konzentrierte sich. Aber statt des Geruchs nach Kohle erschnupperte sie den würzigen Duft der zahlreichen Kräuter des Buschlands, eine Mischung aus Kampfer und Lavendel.

„Was ist los, Enisa?“ Carlos hatte sich auf leisen Pfoten herangeschlichen. „Witterst du etwas Ungewöhnliches? Gefahr?“

Eigentlich war sich Enisa ihrer Sache zunächst ziemlich sicher gewesen. Sie hatte einen guten Geruchssinn, denn in den kleinen Häusern am Rand der Wüste musste man stets auf die Feuer achten. Feuer, die von Menschen zum Wärmen oder zum Kochen entzündet wurden – oder solche, die sich selbst entzündeten und vor sich hin schwelten. Aber entweder hatte der Wind gedreht oder Enisa hatte sich das Ganze nur eingebildet.

„Ich bin mir nicht sicher, Carlos. Warte kurz.“

Enisa lief zur Feuerstelle und stocherte mit einem Stock darin herum, wie sie es von ihrem Vater aus der Wüste gewohnt war, doch kein Funken, kein Glimmen war zu sehen. Paul und Chuck hatten die Flammen am Abend zuvor mit Wasser gelöscht, wie Doc es stets anmahnte.

„Falscher Alarm." Enisa zuckte mit den Schultern.

„Guten Morgen, Enisa", zischte Iggy, der dem Mädchen gefolgt war. „Willst du etwa Feuer machen?"

Enisa schüttelte den Kopf. „Ich hatte das Gefühl, dass …" Weiter kam sie nicht, denn die anderen Tierflüsterer krochen gähnend und feixend aus dem Zelt der Gruppe.

„Das ist mal was!", rief Paul. „Wir sind früher dran als Poppy und Doc."

„Echt?" Amy grinste.

„Ich korrigiere euch ungern, doch seht selbst!" Enisa deutete auf die nahen Affenbrotbäume, wo zwei Frauen Früchte ernteten. „Sollen wir zunächst ein Frühstück vorbereiten, bevor wir uns dem Tagwerk widmen?", fragte sie in die Runde.

Chuck sah Enisa kopfschüttelnd an. „*Was* willst du *wie* machen? Dich widmen? Einem Tagwerk?" Er stöhnte. „Ich glaub, mein Hamster bohnert. Für mich is es eindeutig zu früh für solche Gespräche. Enisa, was soll das heißen?"

Amy verdrehte die Augen. „Ganz einfach! Erstens:

Kohldampf. Zweitens: Frühstück machen. Drittens: Essen fassen."

Jerry flatterte auf Chucks Schulter. „Cool, Amy. Das hat auch Chuck verstanden. Stimmt's, Kumpel?"

Chuck zuckte mit den Schultern. Was sollte er darauf wohl antworten?

„Bevor ihr noch mehr Unsinn redet, lasst uns lieber anfangen", schlug Coco vor.

Enisa freute sich insgeheim, dass Amy Chuck so wunderbar Kontra gegeben hatte. Schnell bereitete sie das Frühstück für alle vor.

Als sich alle Tierflüsterer hingesetzt hatten, kam Doktor Noa mit zahlreichen Früchten des Affenbrotbaums zurück. Lady Poppy bereitete aus Wildgrassamen ein leckeres Getreidegericht.

Viel Zeit zum Essen blieb nicht, denn Doktor Noa drängte zum Aufbruch. „Seid mir nicht böse, aber wir brauchen mindestens noch zwei Tage bis zur Schlucht. Länger kann und will ich Silvester nicht warten lassen."

Der Abbau des Lagers klappte wie am Schnürchen. Alle Tierflüsterer konnten sich aufeinander verlassen und erfreut hob Lady Poppy den Daumen.

„Bisher hat euer Verhalten mindestens eine Prüfung ersetzt“, erklärte sie. „Bleibt bei diesem Teamwork, nur so kommen wir alle voran.“

Wieder stiegen die Tierflüsterer und ihre Lehrerinnen auf die geduldigen Nashörner, die ohne Murren einen Fuß vor den anderen setzten.

„Ich schwöre beim Grab meiner Großmutter, dass ich ständig Feuer rieche“, erklärte Enisa, als sie schon weit mehr als eine Stunde auf dem Dickhäuter saß, ihre Arme um Coco schlang und die Landschaft inspizierte. „Aber ich kann nichts entdecken. Klingt das verrückt?“

Amy hielt ihre Nase prüfend in die Luft. „Du hast recht, Enisa. Und ein ziemlich feines Näschen, denn der Geruch schwappt nur ab und zu in unsere Richtung. Aber auf jeden Fall riecht es nach Gefahr! Ganz eindeutig.“

Hilfe suchend sah sie zu Doktor Noa und Lady Poppy. Auch die beiden hatten den Brandgeruch längst wahrgenommen. Und mit einem Mal roch die Gruppe das Feuer nicht nur, sondern sah es auch … oder zumindest das, was die Flammen übrig gelassen hatten:

Vor ihnen lag eine riesige schwarze Fläche, aus der glimmende Baumstümpfe wie Skelette herausragten.

Verbrannte Büsche streckten ihre verkohlten Zweige in die Luft, an manchen Stellen flog noch glühende Asche durch die Luft. Je näher sie kamen, desto intensiver wurde der Brandgeruch. Beißender Rauch lag über dem Gebiet.
„Krass, das sieht aus wie in einem Katastrophenfilm“, meinte Chuck.
Kein Gezwitscher von Vögeln war zu hören, kein Geräusch davonspringender Tiere, kein Brummen von Insekten oder Zirpen der Zikaden. In diesem Teil von Mandulara herrschte Stille.
Totenstille.
Unter die Bäume und Büsche, die nicht vom Feuer vernichtet worden waren, hatten sich Tiere zurückgezogen, die beinahe verbrannt wären. Tiere, die sich mit versengtem Fell oder angekokelten Federn gerettet hatten. Tiere, die nun ihre Wunden leckten: Antilopen, Wüstenfüchse und Geparden, Pangoline und Kängurus, Streifenhörnchen, Regenbogenloris und viele andere kleine und große Tiere aus Mandulara. Säugetiere, Vögel und Reptilien.
Es war eine Tragödie.
Enisa hielt sich entsetzt die Hand vor den Mund, Mohit

stöhnte laut. Auch die Tiere waren schockiert. Die Nashörner keuchten und fauchten, Carlos brüllte, Iggy rührte sich nicht mehr.
Doktor Noa gab den Tierflüsterern das Zeichen, ihre Nashörner umgehend zu stoppen und abzusteigen. Blankes Entsetzen stand in ihrem Gesicht, aber sie blieb ruhig und besonnen.
„Wir werden gebraucht!", rief sie. Und mit Blick auf die schwarze Landschaft: „Was ihr hier seht, ist nur ein geringer Teil des Elends. Der Tribut unter den wirbellosen Tieren ist viel höher. Ich möchte nicht wissen, wie viele Würmer, Spinnen, Tausendfüßler und andere Insekten hier umgekommen sind. Und wie wichtig ihre Rolle als Bestäuber von Pflanzen oder als Umwandler abgestorbener Vegetation für das Funktionieren unseres Ökosystems war. Wer immer dafür verantwortlich ist, er sollte sich schämen!"
Enisas Herz pochte vor Schreck und Aufregung. Flammen oder Brandherde bekämpfen mussten sie nicht, wie sie erleichtert feststellte, das Feuer war glücklicherweise bereits wieder erloschen, weil die Pflanzen und die Erde noch feucht von der Regenzeit waren. Nur an einigen Stellen

kokelten noch ein paar Büsche oder Bäume vor sich hin. Doch kaum hatte Doktor Noa gerufen, humpelten, schlichen oder hüpften ihr die verletzten Tiere entgegen. Alle hatten mehr oder weniger schlimme Brandwunden davongetragen.

Lady Poppy packte sofort ihre selbst gefertigten Salben und Tinkturen aus einem Koffer auf Jabinas Rücken und begann, die Tiere zu verarzten.

„Was ist passiert?“, fragte Doktor Noa ein Gnu.

„Mehabragelgasi“, murrte das Gnu – zumindest hörte es sich für Enisa so an.

Doktor Noa dagegen verstand die besondere Antilope sofort. Sie klopfte dem Gnu sachte die verbrannte Flanke ab.

„Ich nehme an, du hast recht. Dieser Brand ist von Menschen gelegt. Es ist nicht die Zeit für natürliche Brände, die beispielsweise von Blitzen entfacht werden. Das Gras ist noch nicht trocken genug, es brennt nicht gut, das war euer Glück.“

„Von Menschen gelegt“, wiederholte Mohit. „Aber warum?“

Lady Poppy, die gerade einen verletzten Wildhund

untersuchte, hob den Kopf. „Mit Brandrodung kann ein Land bewusst unfruchtbar gemacht werden. Es könnten aber auch Tiere zur Umsiedlung gezwungen werden … damit sie sich in eine andere Gegend flüchten müssen. Ich kann mir nur einen vorstellen, der solche absurden Pläne verfolgt, und das ist …“

„Devin Dolor“, knurrte Chuck.

Enisa stellte irritiert fest, dass er, der sonst immer so selbstbewusst war, auf einmal am ganzen Körper zitterte.

„Du bist ihm entkommen, mach dich locker“, quäkte Jerry und trudelte vor Chucks Gesicht hin und her. „Der Kerl darf dir keine Angst mehr einjagen!“

Lady Poppy legte den Inhalt ihres Arztkoffers ins Gras. „Hoffentlich reichen meine Medikamente. Mit so etwas hatte ich nicht gerechnet! Amy, Coco, Chuck, Enisa, Mohit und Paul … packt bitte mit an! Traut ihr euch, bei der Versorgung der Verletzten zu helfen? Mohit, du kennst doch sicher viele Handgriffe aus der Tierarztpraxis deines Vaters. Kannst du mich unterstützen?“

Enisa sah die Lehrerin die Wunde reinigen und versorgen. Sie lief zu ihr. „Ich habe immer gut zugehört und alles mitgeschrieben. Ich weiß, welche Medizin aus welchem

Baum oder Busch oder aus welcher Pflanze stammt. Ich möchte unbedingt Medizinerin werden und Tiere pflegen so wie du und …"

Lady Poppy legte Enisa die Hand auf den Mund. „Pssst. Wenn du Bescheid weißt, dann besorge mir das richtige Mittel gegen Brandwunden."

Sie deutete auf die verletzten Tiere, die sich hoffnungsvoll vor ihr versammelt hatten.

„Endlich könnt ihr das tun, wozu ihr da seid: Tiere schützen und versorgen. Kümmert euch um sie. Desinfiziert und kühlt die Wunden. In der Medizintasche ist hoffentlich ausreichend Material. Und du, Enisa, lauf los und besorge uns heilende Substanzen!"

Und das tat Enisa. Sie schnappte sich ein Taschenmesser und einen Beutel aus einer der Ausrüstungstaschen und spurtete mit großen Schritten zurück zu einem kleinen Feld voller Feigenkakteen, das sie bei ihrem Ritt entdeckt hatte. Geschickt schnitt sie die gelblich bis purpurfarben leuchtenden Früchte, von denen sich bereits die Dornenhaare gelöst hatten, von den Kakteen ab und stopfte sie in ihre Tasche.

Gerade wollte sie zu Lady Poppy zurückkehren, als ihr

zwischen den Kakteen zwei kleine Felltiere auffielen, die sie mit großen Augen anstarrten. Enisa stutzte. Nie zuvor hatte sie solche Wesen gesehen. Sie wirkten eher niedlich als bedrohlich. Die Köpfe der putzigen Wesen war beinahe kreisrund, die Ohren puschelig, die Körper eher breit und die Pfoten klein. Ihr Fell war steingrau und hatte weiße Tupfen.

Mit schief gelegtem Kopf sahen sie Enisa an.

„*Wiwamyspre*“, brummte eins der Tiere.

Amy? Hatte das Tier gerade den Namen ihrer Freundin genannt oder hatte Enisa sich verhört?

„*Amyspre*“, wiederholte das andere Tier und bleckte die kräftigen Zähne.

Und was das für Zähne waren! Kein bisschen niedlich! Wie angewurzelt stand Enisa zwischen den Kakteen, das Messer in der einen, den gefüllten Leinenbeutel in der anderen Hand. Während sie noch fieberhaft überlegte, was sie zu den Tieren sagen, wie sie mit ihnen Kontakt aufnehmen könnte, um sie zu verstehen, huschten die Wesen durch das hohe Gras davon.

Enisa schloss für einen Moment die Augen und versuchte, sich zusammenzureißen. Sollte sie mit Amy sprechen?

Sie sah zu den Lehrerinnen und den Tierflüsterern hinüber, die von immer mehr Hilfe suchenden Tieren umringt wurden. Jetzt war es nur wichtig, die Verletzungen zu versorgen und Schmerzen zu lindern. Alles andere konnte warten.

Energisch lief Enisa zu Lady Poppy, die ihr dankbar zunickte, presste den Saft aus den Früchten der Feigenkakteen und bestrich damit behutsam die Brandwunden. Sobald der Saft zur Neige ging, sprang sie los, um Nachschub zu holen. Ein Tier nach dem anderen behandelte Enisa auf diese Weise. Raubtiere, Huftiere, Vögel oder andere Arten. Vertrauensvoll hoben ihr die Patienten die Pfoten, Flügel, Schnäbel entgegen.

Enisa arbeitete konzentriert, sorgfältig, ohne Scheu.

Und das Wunderbare war: Nie in ihrem Leben hatte sie sich so als Teil der Natur gefühlt wie in diesen Stunden. Enisa hatte ihre Berufung gefunden, unabhängig vom Flüstern einer Art. Sie wusste, wie ihr künftiges Leben aussehen, was ihr Berufswunsch sein würde. Und dieses Wissen ließ sie wachsen und selbstbewusst werden.

Kapitel 9

Eine unheimliche Begegnung

Es war schon später Nachmittag, als die erschöpften Tierflüsterer unter einer mächtigen Schirmakazie eine Pause machten.

„Ich bin völlig fertig", erklärte Amy. „Noch nie im Leben habe ich so viele Tiere verarztet." Sie legte den Kopf schief und grinste. „Äh … wenn ich es genau nehme, habe ich vorher überhaupt noch nie ein Tier verarztet. Crazy!"

„Ein echter Knochenjob." Chuck schnalzte mit der Zunge. „Wäre als Beruf nicht so meins."

„Meins schon", gab Mohit zurück.

Am liebsten hätte sich Amy, genau wie die anderen, einfach nur hingelegt und geschlafen. Doch Lady Poppy klatschte energisch in die Hände, bevor auch nur einer aus der Gruppe die Augen schließen konnte.

„Es tut mir leid, dass ich euch keine Ruhe gönnen kann. Es muss weitergehen, Tierflüsterer", rief sie. „Ich muss euch schon wieder losschicken."

„Ich könnt so tun, als hätt ich's nich gehört und wär eingepennt", flüsterte Chuck in Amys Richtung.

Doch bevor sie antworten konnte, mischte sich Jerry ein. „Vergiss es, Bruder. Der Drops ist schon gelutscht. Poppy hat dich voll im Visier!"

Das stimmte. Unter dem durchdringenden Blick von Lady Poppy wurde auch Amy heiß und kalt. So ein Mist! Diese Frau konnte man nicht einfach so überlisten.

„Wird das eine neue Prüfung?", wollte Amy wissen.

Doktor Noa schüttelte den Kopf. „Ihr habt vorhin bis zur Erschöpfung gearbeitet und euch etliche Pluspunkte verdient. Die Tiere und ich danken euch dafür." Sie applaudierte kurz.

„Ich kann verstehen, dass ihr kaputt seid", stellte Lady Poppy klar. „Das sind wir alle. Aber Ruhepausen können wir uns leider nicht leisten."

Mit sanfter Stimme erklärte sie ihren Plan: Amy, Chuck, Coco, Enisa, Mohit und Paul sollten die Tiere der Savanne befragen, ob eins von ihnen etwas über die Brandursache wusste. Dabei sollten sie ihre Fähigkeiten als Tierflüsterer anwenden, um möglicherweise verstörte Tiere zu beruhigen.

„Es wird keine einfache Aufgabe für euch. Ihr braucht Fingerspitzengefühl“, erklärte Doktor Noa. „Die Tiere könnten aggressiv sein. Wer weiß, was sie erlebt haben.“

„Bleibt immer zu zweit“, mahnte Lady Poppy. „Carlos und Iggy haben natürlich ein wachsames Auge auf euch. Doc und ich bauen in der Zeit unser Lager auf.“

Amy legte den Arm um Coco. „Wollen wir beide?“

Coco nickte. „Logisch.“

Auch Paul und Enisa wurden sich schnell einig, ebenso Mohit und Chuck. Sie zogen zu Fuß los. Die Breitmaulnashörner durften eine Pause machen.

Aufmerksam durchstreifte Amy mit Coco die Gebiete rund um die Brandstelle, die das Feuer verschont hatte, Chuck und Mohit folgten ihnen. Paul und Enisa dagegen verschwanden zu Amys Überraschung gleich hinter einigen Affenbrotbäumen.

Mohit war ein bisschen zurückgeblieben, um kleinere Tiere auf Zweigen oder am Boden zu begutachten.

„Was meint ihr, müssen wir uns auch Sorgen um die Tiere in anderen Gegenden von Whisperworld machen?“ Chuck sah Amy und Coco fragend an.

„Ich weiß nicht, wir sollten auf jeden Fall vorsichtig sein

und –“ Amy unterbrach jäh ihren Satz. Plötzlich hörte sie hinter sich ein bedrohliches Knurren und Fauchen. Als sie sich erschrocken umdrehte, stand da ein Gepard. Er war kaum eine Armlänge entfernt von Mohit. Das Tier hatte die Ohren nach hinten gelegt, in seinem weit geöffneten Maul blitzten die langen Reißzähne, die honigfarbenen Augen starrten Mohit an und schienen ihn hypnotisieren zu wollen. Jetzt hatten ihn auch Coco und Chuck gesehen.

„Mohit!“ Amy packte Coco erschrocken am Arm.

„Psst!“ Coco drückte Amys Finger sanft zur Seite. „Du tust mir weh.“

Chuck stand wie versteinert da. Amy konnte ihm ansehen, dass er überlegte, ob er Mohit zu Hilfe eilen sollte oder ob er mit einer schnellen Bewegung den Gepard nur noch angriffslustiger machen würde.

„Lass das, Kumpel. Denk nicht mal drüber nach.“ Jerry flatterte aufgeregt vor Chucks Gesicht herum. „Du würdest die Situation nicht besser machen, bestimmt nicht!“

„Beruhige dich, Gepard“, sagte Mohit mit sanfter Stimme. „Ich bin Mohit, Tierflüsterer in Whisperworld. Meine Art sind die Miracorns. Sie haben mich gerufen, weil ich ihr Freund bin. Genauso möchte ich auch dein Freund sein.“

Amy hörte, wie der Gepard fauchte, sie sah, wie er mit dem Schwanz schlug und mit einer Pranke in die Luft hieb, als wollte er Mohit vertreiben oder ihm zumindest Angst einjagen. Doch Mohit rührte sich nicht vom Fleck. Stattdessen hob er wie in Zeitlupe beide Arme, drehte die Handflächen nach vorn und redete leise auf das Tier ein. So leise, dass Amy nichts verstehen konnte.
Wieder fletschte der Gepard die Zähne, aber dieses Mal war seine Körperhaltung schon nicht mehr so angespannt. Schließlich schloss das Raubtier das Maul und öffnete es immer wieder nur leicht.
„Krass." Chuck grinste und ließ Jerry auf seine Hand klettern. „Mohit und der Gepard scheinen miteinander zu quatschen."
Amy sog scharf die Luft ein. „Oh. My. God. Mohit ist in letzter Zeit so mutig. Wie locker er da steht und mit der Raubkatze redet."
„Ihr könnt gehen, Amy und Coco", sagte Mohit ruhig. „Ich komme klar."
„Ist die Fellzeichnung des Gepards nicht wunderschön?", überlegte Coco laut.
„Unser Freund wird fast aufgefressen und du überlegst dir,

wie gut das Raubtier aussieht. Du bist verrückt, Coco."
Amy zog die Freundin mit sich. „Komm jetzt, wir sollten keine Zeit verlieren. Ich bin gespannt, wem wir beide als Nächstes begegnen. Bis später, Chuck."

Zu Amys Freude waren es keine Raubtiere, sondern eine Herde auffallend schön gezeichneter Antilopen, die sie als Erste antrafen. Bongos, wie Coco nach einem Blick in ein eng beschriebenes Notizheft in ihrer Tasche feststellte. „Bongos sind eine afrikanische Antilopenart. Diese Tiere hier sind sehr gefährdet, wenn nicht sogar vom Aussterben bedroht", las sie. „Sehr interessant: Bei den Bongos tragen auch die Weibchen Hörner."

Die Tiere reagierten nicht aggressiv auf die beiden Mädchen, die sich ihnen langsam näherten, blieben aber zurückhaltend. Erst als Amy und Coco ruhig auf sie einsprachen und sich als Tierflüsterinnen vorstellten, nahm ein großes Weibchen Kontakt mit ihnen auf.

Die Antilope berichtete von einem Mann und einer Frau, die Jagd auf ihre Herde gemacht hatten. Und nicht nur die Waldantilopen waren verfolgt worden, sondern auch viele andere Tiere. Einige waren mit Gewehren betäubt und auf einen großen Lastwagen verfrachtet worden.

„Das kann nur dieser Mistkerl Dolor gewesen sein“, zischte Amy. „Ich möchte wissen, was er vorhat!“
Coco biss sich auf die Unterlippe. „Wisst ihr, wohin er mit den Tieren gefahren ist? Das würde uns sehr helfen.“
Doch darauf wusste die Antilope auch keine Antwort. Sie verabschiedete sich von den Mädchen und zog mit ihrer Herde weiter.
Amy sah den graziösen Tieren verträumt nach, als Coco ihr auf die Schulter tippte.
„Guck mal!“ Die Stimme der Freundin klang überrascht.
Amy fuhr herum und traute ihren Augen nicht. Direkt vor Coco standen auf ihren Hinterläufen zwei der niedlichen Felltierchen, die sie bereits kannte – ein großes und ein kleineres. Das Kleine war Amy bereits begegnet. Sie erkannte es an dem ungewöhnlichen Knick im Ohr. Im Hintergrund wartete sogar eine ganze Gruppe dieser Tiere.
Instinktiv machte Amy einen Schritt rückwärts. Ganz deutlich erinnerte sie sich an das Wesen mit den puscheligen Ohren, den kleinen Pfötchen, dem getupften Fell und …
„Sie haben messerscharfe Zähne“, hauchte Amy. „Beweg dich lieber nicht, Coco. Es sind Hibblinge.“

Als würden sie spüren, dass Amy sich vor ihnen fürchtete, ließen sich die beiden Hibblinge im Vordergrund zunächst auf alle viere fallen und machten sich dann noch kleiner, indem sie sich erwartungsvoll vor die Mädchen hockten. Mit schief gelegten Köpfen versuchten sie, Blickkontakt mit Amy aufzunehmen.

„Niwiwelamy." Das größere Tierchen hob putzig sein Pfötchen. *„Bleihi. Bleiuns."*

„Verstehst du, was sie sagen, Amy?" Coco zuckte mit den Schultern. „Es geht auf jeden Fall um dich. Nur um dich!"

Amy nickte verdattert. „Sie sagen: Nicht wieder weglaufen, Amy. Bleib hier, bleib bei uns." Sie schüttelte den Kopf. „Wieso … wieso verstehe ich das sofort?"

„Ist doch egal. Mach es. Bleib da. Hör ihnen zu."

Langsam ließ sich Coco auf den Boden gleiten und hockte sich im Schneidersitz vor die Tiere. Amy tat es ihr nach. Sie war unglaublich aufgeregt, ihr Herz klopfte bis zum Hals. Aber nicht vor Angst. In Amy breitete sich ein ganz ungewohntes Gefühl aus, eine Mischung aus Zuneigung und Erwartung. Und während sich Coco große Mühe gab, dem Wortbrei der Hibblinge wenigstens halbwegs zu folgen, wusste Amy sofort, was die Wesen ihr erzählten.

„Ich wollte dich im Dschungel nicht erschrecken", erklärte der kleine Hibbling mit dem besonderen Ohr. „Tut mir leid. Unsere Zähne sind spitz und scharf, aber sie sollen dich niemals verletzen." Er richtete seine Murmelaugen auf Amy. „Hast du nicht unser Flüstern gehört?"

„Ob ich … euer Flüstern gehört habe?"

Inzwischen waren sie von Hibblingen in allen Größen umgeben. Amy wechselte einen schnellen Blick mit Coco. Die Freundin grinste breit und drückte Amy so stürmisch, dass deren eng am Haaransatz geflochtene und mit Perlen verzierte Zöpfe aufeinanderklackerten.

„Siehst du", wisperte Coco. „Ich habe es doch gewusst!"

„Euer … Flüstern? Also, ich meine … ich habe … ihr habt … also, ihr wollt …", stammelte Amy verlegen.

In diesem Moment passierte so viel auf einmal – mehr als in der ganzen Zeit in Whisperworld zuvor nicht. Amy konnte sich kaum mehr vorstellen, wie sie noch in der letzten Nacht schlaflos im Zelt gelegen hatte, weil sie sich so sehr wünschte, dass sich endlich eine Art für sie entschied. Jetzt war es offensichtlich so weit. Amy lächelte. Ihr Herz klopfte wie eine Trommel.

Sie war in Whisperworld angekommen.

Der kleine Hibbling krabbelte vorsichtig zu Amy und kuschelte sich in ihren Schoß. „Das wollen wir. Sieh mal!" Er deutete mit seinem Pfötchen zu einem mächtigen Affenbrotbaum, unter dem sich noch mehr Hibblinge versammelt hatten.

Amy!

Hör uns zu, Amy!

Du sollst unsere Tierflüsterin sein!

Amy schlug beide Hände vors Gesicht. Als sie sie langsam wieder löste, zitterte ihre Oberlippe, Tränen rannen über ihre Wangen.

Freudentränen.

Endlich hatte auch sie das Flüstern von Whisperworld gehört!

Die Chroniken von Whisperworld

Aufzeichnungen von Eleonor Noa:

Mandulara, März 2012

Mein Vater Pete, der mit siebzehn Jahren zum ersten Mal in diese Chroniken schreiben durfte, hat es heute auch mir erlaubt. Ich bin jetzt im gleichen Alter wie er damals. Eine große Ehre, die ich sehr zu schätzen weiß!

Auch die Gelassenheit, mit der er mir Flora und Fauna von Mandulara zeigt, liebe ich. Es gibt kein Tier, dem er nicht auf Augenhöhe begegnet, für das er sich nicht ernsthaft interessiert. Und das gilt für winzige Käfer genau wie für riesige Giraffen!

Neben den bekannten Tieren der Savanne sind wir heute auch auf eigentlich längst ausgestorbene Quaggas gestoßen, eine Unterart des Steppenzebras, die früher sehr zahlreich in Südafrika vorkam. Hübsche Tiere, etwa so groß wie ein Pony. Die Zeichnung entspricht der des Zebras, allerdings sind Quaggas nur vom Kopf bis zur Schulter gestreift. Freundliche, friedliche Tiere.

Und wieder einmal war ich meinem Urgroßvater Alexander mehr als dankbar, dass er sich dafür entschieden hat, Whisperworld geheim zu halten. Er wäre sicher reich und berühmt geworden, hätte er von den Quaggas, den Mammuts und Dodos, den Säbelzahntigern, Beutelwölfen und Karolinasittchen berichtet, die es hier noch gibt … und sonst nirgendwo.

Aber wie wäre die Geschichte von Whisperworld dann verlaufen? Vielleicht hätte all den scheinbar ausgestorbenen Tieren – noch einmal – das gleiche Schicksal gedroht wie den Quaggas? Sie überlebten den Kolonialismus im südlichen Afrika nicht, denn die Siedler aus Europa machten gnadenlos Jagd auf die Tiere. Ihr Fleisch wurde verzehrt, ihre Häute wurden zu Säcken umgearbeitet, bis die Bestände auf ein Minimum geschrumpft waren. Dann kam eine schreckliche Dürre, bei der viele Tiere verendeten. Und schließlich, 1883, starb im Zoo von Amsterdam das letzte Quagga.

So oft habe ich eine derartige Geschichte inzwischen schon gehört. Wir Menschen nehmen keine Rücksicht auf die Tiere und das muss sich ändern.

Ich bin noch nicht sicher, ob ich mein Leben komplett der Arbeit in Whisperworld widmen möchte. Aber eins weiß ich bestimmt: Tiere verdienen unseren Respekt und unseren Schutz!

Kapitel 10

Freunde der Tierflüsterer

„Wow! Koala-Waschbären“, stellte Chuck fest, als Amy und Coco mit den beiden Hibblingen zurück ins Lager kamen.

„Die sind aber entzückend!“, meinte Enisa.

Jerry flog eine Runde über die Felltierchen und machte dabei ein Geräusch, als würde er in ein trockenes Blatt beißen. Seine Art zu zeigen, dass er ziemlich beeindruckt war. „Den Schönheitswettbewerb gewinnen die sofort. Bei so vielen Tupfen und Puschelohren können wir Käfer einpacken. Die Wuschelviecher sind viel zu süß“, nölte er.

Grrrrr!

Der kleine Hibbling warf dem Nashornkäfer einen bösen Blick zu, knurrte drohend und fletschte die Zähne. Vor Schreck trudelte Jerry einen Moment flügelschlagend in der Luft.

Chuck schlug sich vor Lachen auf die Schenkel. „Boah! Alle Achtung. Krasse Zahnleiste.“

„Wir haben zwei Hibblinge mitgebracht.“ Amy lächelte

stolz. „Sie wollten unbedingt zu dir, Doc, und zu Lady Poppy."

„Endlich! Habe ich es also doch richtig vermutet, dass du damals einen Hibbling getroffen hast, Amy."

Doktor Noa lief erfreut auf die Fellknäuel zu und verwickelte sie sofort in ein Gespräch. Lady Poppy beteiligte sich begeistert, während sich Amy mit Coco für einen Moment zurückzog. Sie musste erst wieder einen klaren Kopf bekommen, nachdem sie das Flüstern gehört hatte.

Chuck beobachtete aus sicherer Entfernung, wie der große, offensichtlich sehr alte Hibbling mit weißgrauem Fell vor Doktor Noa und Lady Poppy stehen blieb, das Gespräch selbst konnte er allerdings nicht verstehen. Erstaunt stellte Chuck wieder einmal fest, dass die Schulleiterin und ihre Cousine überhaupt keine Mühe hatten, die Tiere zu verstehen, während diese Unterhaltung für ihn bloßes Gebrabbel war. Langweilig!

„Willkommen, ehrenwerte Tierflüsterer. Mein Name ist Tibo, ich bin der Älteste unserer großen Familie."

Der Hibbling seufzte. „Normalerweise leben wir oben am Rand der Schlucht zwischen den Baumwurzeln der

Affenbrotbäume. Aber euretwegen, vor allem wegen einer bestimmten Person, werden wir euch in die Simari-Schlucht begleiten." Er winkte den kleinen Hibbling mit dem Knickohr zu sich. „Das ist mein Sohn Ting."

„Bleibt gern bei uns und esst mit uns", bat Doktor Noa. „Chuck, darf ich dir unsere neuen Freunde vorstellen?"

Chuck zuckte mit den Schultern. Im Moment hatte er keine Lust, sich so auf die Tiere einzulassen, dass auch er mit ihnen kommunizieren konnte. Gern hätte er sich jetzt zurückgezogen und einfach mal seine Ruhe gehabt. Die letzten Stunden waren anstrengend gewesen, die Begegnungen mit den vielen ungewöhnlichen und verängstigten Tieren in der Savanne hatten Nerven gekostet. Chuck vermisste das Baumhaus im Deepwood, in dem er seine persönliche Nische hatte. Unterwegs, wenn alle gemeinsam in einem Zelt schliefen, gab es wenig Privatsphäre.

„Was ist los? Jetzt bloß nicht schlappmachen, Chuck. Dir fehlt wohl dein Käferkumpel?" Mit lautem Brummen flatterte Jerry auf Chucks Schulter und sofort breitete sich wieder ein Lächeln auf dessen Gesicht aus. Wie blöd war er gewesen, als er die Käfer zunächst missachtet hatte und auf

keinen Fall ihr Tierflüsterer werden wollte. Grober Fehler! Jetzt freute er sich täglich über Jerrys Witze und seine flapsige Art. Der Nashornkäfer passte hundertprozentig zu ihm.
„Hast recht, ich hör mal wieder auf ein Käferkommando." Chuck grinste. „Bloß nich schlappmachen."
„Sorgt ihr fürs Abendessen?", rief Doktor Noa den Mädchen und Jungen zu. „Wir haben noch etwas zu klären."
Abendessen! Chuck spürte, wie sein Magen aufs Stichwort zu knurren begann. Er hatte den ganzen Tag über nur ein bisschen Obst und ein paar Nüsse gegessen. Aber jede Mahlzeit bedeutete Arbeit. Teppiche mussten auf dem Boden ausgerollt werden, Schalen ausgepackt, Feuer für Tee gemacht, Essen musste zubereitet werden.
„Was gäb ich drum, wenn ich jetzt einfach den Pizzaservice anrufen könnte", flüsterte Chuck seinem Freund Jerry zu.
„Guter Gedanke." Der Käfer wippte auf seinen drei Beinpaaren lässig auf und ab, stieß sich dann von Chucks Schulter ab und trudelte davon. „Ich flieg mal zum nächsten Büfett. Für mich ist Mandulara wie ein großer Selbstbedienungsladen. Oder wie ein cooler Burgerladen. Schmackofatziges Futter überall. Bis die Tage!"

Neidisch sah Chuck ihm hinterher und schlurfte dann im Zeitlupentempo zu den Proviantkisten. Gemeinsam mit Mohit, Enisa und Paul schleppte er Mangos, Fladenbrot und Kanister mit Wasser unter die Schirmakazie. Amy und Coco bereiteten inzwischen einen Salat aus Kichererbsen und getrockneten Tomaten zu. Dann ließen sich alle im Schneidersitz auf den Teppichen neben Doktor Noa, Lady Poppy und den Hibblingen nieder.

„Ich glaube, die Hibblinge haben auch Kohldampf", meinte Chuck.

Beide Pelztiere nickten heftig.

„Die fressen doch bestimmt rohes Fleisch … mit ihren kräftigen Zähnen", flüsterte Chuck Paul zu, griff nach einem großen Stück Mango und stopfte es sich in den Mund. Klebriger Saft rann sein Kinn hinunter.

Ting, der kleinere Hibbling, drehte sich zu Chuck und fixierte ihn. „Wir. Sind. Pflanzenfresser", sagte er so langsam, dass Chuck ihn mühelos verstehen konnte.

„Oh", meinte der Junge überrascht.

Doktor Noa lachte und stellte eine Schale vor die Pelztiere, die sie mit Früchten und getrockneten Tomaten gefüllt hatte.

Mit ihren putzigen Pfötchen hoben Tibo und Ting ein Stück nach dem anderen zum Mund und stopften es sich in die Backen. Danach schleckten sie sich die Pfoten ab.
„Guck mal, die beiden benehmen sich beim Essen besser als du, Chuck.“ Amy kicherte.
Chuck lief knallrot an und bemühte sich, weniger hastig zu essen.
Eine friedliche Stimmung lag über dem Lager. Neben den Tierflüsterern und ihren Lehrerinnen weideten die Breitmaulnashörner auf den üppigen Grasflächen der Savanne. Carlos und Iggy machten sich gerade zur Jagd auf.
Chuck sah sich um. Hoch über ihnen spannte die Schirmakazie ihr dorniges Blätterdach. Der Himmel in Mandulara war in knallig orangefarbenes Licht getaucht. Idylle pur.
Bis Lady Poppy fragte: „Was habt ihr von den Tieren, die ihr befragt habt, erfahren? Habt ihr überhaupt mit einigen sprechen können? Und haben sie Devin Dolor gesehen?“
Chuck stöhnte. Da war sie wieder, die Erinnerung an seinen Entführer, die ständige Bedrohung, die über der Gruppe schwebte.

„Mohit, erzähl von dem Gepard, den du getroffen hast“, forderte Amy.

„Das stimmt. Chuck und ich hatten eine merkwürdige Begegnung mit einer Raubkatze, als Amy und Coco auch noch in der Nähe waren“, berichtete Mohit. „Der Gepard, der sich mir anvertraut hat, war zunächst unglaublich aggressiv. Ich hatte schon Angst, dass er mich angreifen würde.“

„Du hattest Angst?“ Chuck riss die Augen auf. „Auf mich hast du gewirkt, als wär dir gar nicht klar, wie gefährlich so ein Raubtier sein kann.“

„Du warst so mutig, Mohit“, bestätigte Coco.

„Ich habe mir vor Angst beinahe in die Hose gemacht, als der Gepard die Zähne gefletscht hat“, gab Amy zu.

Mohit grinste. „Das nennt man sicheres Auftreten bei völliger Ahnungslosigkeit – mein Lebensmotto.“

Doktor Noa und Lady Poppy sahen sich an und grinsten ebenfalls.

„Der Gepard hat erzählt, dass es vor einigen Wochen zahlreiche Schüsse in der Savanne gab“, erzählte Mohit weiter. „Es werden wohl Devin Dolor und Lexi gewesen sein, die Jagd auf Tiere gemacht haben.“

„Amy und ich haben zunächst eine Herde von seltenen Waldantilopen und dann jede Menge Quaggas getroffen. Sie sind in Panik vor einem Helikopter geflüchtet, aus dem geschossen wurde", bestätigte Coco.

„Quaggas?" Mohit schien Schnappatmung zu bekommen.

Doktor Noa stemmte die Hände in die Hüften. „Wirklich, Quaggas? Bist du sicher?"

Coco nickte. „Sie haben sich selbst so vorgestellt."

„Nachdem sie erst mal eine ganze Weile nur *Qua-ha-ha* gerufen hatten." Amy lachte. „Mehr haben wir anfangs nicht verstanden."

Doktor Noa wandte sich an die übrigen Tierflüsterer. „Für diejenigen von euch, die es nicht wissen: Quaggas sind eine eigentlich ausgestorbene Unterart des Steppenzebras. Im Unterschied zu den Zebras reichen ihre Streifen nur vom Kopf bis zu den Schultern. Mein Vater Pete hat sie vor vielen Jahren hier in Whisperworld entdeckt. Ich war noch ein Kind, als ich sie das erste Mal gesehen habe, und mochte sie sofort. Damals bin ich übrigens auch einigen Hibblingen begegnet." Doktor Noa lachte und zwinkerte Tibo und Ting zu. „Ich fand die Tiere anfangs auch … recht bedrohlich. Aber als ich sie kennengelernt hatte, wünschte ich mir, dass ich später einmal vielleicht ihre Tierflüsterin werden würde. Doch dann haben mich die Basule gerufen. An der Quelle Kotalki wurden wir miteinander verbunden und dafür bin ich dankbar." Sie wandte sich an die beiden Hibblinge. „Ich glaube, ihr seid nach wie vor auf der Suche nach eurem Tierflüsterer, stimmt's?"

Tibo und Ting nickten und Chuck hatte das Gefühl, dass Doktor Noa einen kurzen Blick zu Amy warf.

„Fantastische Tierwesen wie die Hibblinge oder längst ausgestorbene Kreaturen wie die Quaggas – es ist eine Sensation, dass sie in unserem kleinen Paradies zu finden sind." Lady Poppy sah in die Runde. „Eine Sensation und ein Geheimnis, das ihr für immer hüten müsst."

Paul schnipste mit den Fingern, als würde er sich melden wollen. „Es gibt noch viel mehr Sensationen hier in Mandulara. Enisa und ich sind einem leicht verletzten Puma begegnet. Es hat eine Weile gedauert, bis wir verstanden haben, was er von uns wollte, erst war er ziemlich scheu."

„Aber dann hat er uns erzählt, dass er ein *Östlicher Puma* ist. Eine eigentlich längst ausgestorbene Art. Aber hier in

Whisperworld gibt es noch einige, hat er uns gesagt." Enisa lächelte glücklich.
Paul schnaubte. „Boah, es hat ewig gedauert, bis er uns an sich rangelassen hat. Aber Enisa durfte dann seine Verletzung verarzten."
Chuck sah zu Enisa, die mit gesenktem Kopf zwischen Paul und Lady Poppy saß.
Die Lehrerin strich ihr sanft über den Rücken. „Es ist großartig, dass du dir so viele medizinische Handgriffe angeeignet hast." Sie sah in die Runde. „Die Medikamente, die sie einsetzt, sind rein pflanzliche Wirkstoffe. Enisa hat bei mir in Pflanzenkunde am besten aufgepasst."
„So viel Lob macht mich verlegen." Enisa faltete die Hände. „Aber die Tiere verdienen es, dass ich meine Scheu überwinde und über sie spreche. Der Puma hatte eine Schussverletzung an der Pfote. Er hat sich zunächst ein bisschen gewunden, aber dann durfte ich sie mit einem Extrakt aus der Frucht des Baobabs einreiben und …"
„Eine Schussverletzung?" Doktor Noa ballte die Fäuste.
„Er hat erzählt, dass er von einem Lastwagen aus angeschossen wurde", erzählte Enisa. „Ein Mann und eine Frau fuhren den Wagen."

„Devin“, knurrte Doktor Noa.
„Devin“, wiederholte Chuck.
Mit zusammengekniffenen Augen sah er, wie Lady Poppy ihrer Cousine einen bedeutungsvollen Blick zuwarf.
„Und nach der Behandlung durch Enisa musste der Puma sogar noch von der Frucht fressen.“ Paul lachte. „Enisa hat ihn dazu überredet. Das war unglaublich mutig.“
Enisa schien bei Pauls Worten zu wachsen, sie straffte den Rücken und hob den Kopf.
Lady Poppy klatschte leise in die Hände. „Alle Achtung, Tierflüsterer. Es ist wunderbar zu hören, wie respektvoll eure Begegnungen waren, wie gut ihr das Flüstern umgesetzt habt und welchen Tieren ihr begegnet seid.“
„Kann es sein, Doc, dass Devin Dolor es vor allem auf die ausgestorbenen Tiere abgesehn hat?“, fragte Chuck.
Noch bevor die Schulleiterin antworten konnte, ließ Ting einen Schwall von Wörtern los:
„Ninuadiagestotudiefatieunaufeume, mewisilvesteriadesimaschlu, wihaigeewaihö, erirowuwaada.“
„Häh?“ Chuck schüttelte den Kopf. „Ich verstehe … null. Nada. Niente. Gar nix.“

Paul hob die Hand. „Geht mir genauso. So schnell kann ich nicht mit den Hibblingen Kontakt aufnehmen, puh!"

„Ich habe immerhin den Namen *Silvester* herausgehört", meinte Mohit.

Doktor Noa nickte. „Ting hat berichtet, dass …"

„Ich würde gern weitererzählen, wenn ich darf, denn ich habe die Hibblinge gerade auf Anhieb verstanden", stellte Amy voller Stolz fest.

Doktor Noa nickte ihr lächelnd zu.

„Ting hat erzählt, dass Devin es vermutlich nicht nur auf die ausgestorbenen Tiere und die fantastischen Tierwesen abgesehen hat", fuhr Amy fort. „Er ist böse, er will keine Mitwisser. Silvester ist in Devins Nähe gesehen worden, deshalb ist unser Lehrer wohl in höchster Gefahr. Die Hibblinge wollen Silvester in einer Höhle erkannt haben. Koru war nicht dabei, dafür aber …" Amy stockte. „Dafür aber ein riesiges rosafarbenes, wirbelloses Tier, so eine Art … Wurm!"

Ein Raunen ging durch die Gruppe.

Erschrocken sah Chuck, dass sich Doktor Noa so heftig auf die Lippe biss, dass diese zu bluten begann. Aber er konnte ihre Angst gut verstehen. Der Gedanke, dass

Silvester vielleicht gerade genauso gefangen gehalten wurde wie er vor einiger Zeit, ließ Chuck schaudern. Er bekam Gänsehaut.

„Also, wenn's nach mir geht, können wir morgen ganz früh los zur Simari-Schlucht", murmelte Chuck. „Je früher, desto besser!"

Kapitel 11

Die Simari-Schlucht

Mohit war müde.

Am Abend zuvor hatte er mit Amy und Enisa lange den spektakulären Sternenhimmel über der Savanne betrachtet, während der Rest der Gruppe längst schlief. Amy hatte die Solarlampen ausgeknipst, die rund um das Zelt leuchteten, damit sie dem Glanz der Sterne keine Konkurrenz machen konnten. Eine gute Entscheidung, denn die himmlischen Leuchtkörper waren so klar, so präsent gewesen, wie Mohit es bisher nur in der Wüste erlebt hatte. In dieser beinahe magischen Stimmung hatten die drei über Silvester und Koru gesprochen, ihre Sorgen und Hoffnungen ausgetauscht und darüber nachgedacht, was der kleine Hibbling noch erzählt hatte. Ting war sich nämlich sicher, dass Devin Dolor und seine Komplizin mit Brandrodung Teile von Mandulara unfruchtbar machen wollten, um die Bewohner zu zwingen, sich in anderen Gebieten anzusiedeln. Orte, die Devin leichter beobachten

und einzäunen konnte, um die Tiere zu seinen Zwecken zu benutzen.
Eine ganze Weile hatten die drei Tierflüsterer danach schweigend unter dem Sternenhimmel gesessen, später aber noch weitere gute ehrliche Gespräche geführt. Mohit hatte von seinen Erlebnissen in der Tierarztpraxis seines Vaters berichtet, Amy von ihrer ersten Begegnung mit dem Hibbling. Und Enisa hatte Geschichten aus der Wüste erzählt.
Mohit hatte sich gegen Morgen ins Zelt gelegt, jedoch nicht einschlafen können. Die vielen ungewohnten Geräusche in der Savanne hielten ihn wach. Wieder einmal waren es seine Freunde, die Miracorns, gewesen, die dafür gesorgt hatten, dass er zur Ruhe kommen konnte. Natürlich gab es auch eine speziell an die Bedingungen der Savanne angepasste Art. Eine kleine Gruppe dieser fantastischen Flugtiere mit ihrem warmen, einschläfernden Licht hatte sich um Mohit gekümmert.
Jetzt war es noch vor Sonnenaufgang, er saß zwischen Paul und Chuck auf Asante und musste höllisch aufpassen, dass er vor Müdigkeit nicht vom Nashorn fiel.
„Kannst du deine Arme bitte so richtig doll um mich

schlingen, damit ich nicht abstürze?", forderte er den hinter sich sitzenden Chuck auf.
„Brauchst du Kuscheleinheiten?", fragte Chuck argwöhnisch.
Paul lachte.
„Ich hätte einfach gern eine Art Sicherheitsgurt." Mohit gähnte. „Ich hab gestern viel zu lange mit Amy und Enisa Sterne angeguckt."
„Wie romantisch. Du Womanizer", spottete Chuck.
„Da hüpft mein kleines Käferherz." Jerry trudelte vor Chucks Gesicht hin und her. „Ich bin richtig neidisch. So was macht mein Käferkumpel nie mit mir. Wir könnten doch wenigstens mal gemeinsam den Mond anheulen, Chuck."
„Vergiss es, Käfer", knurrte Chuck.
Mohit zuckte lediglich mit den Schultern. Für einen kleinen Schlagabtausch mit Chuck und seinem Nashornkäfer war er viel zu kaputt. So verschlief er den Ritt durch die Savanne, die zahlreichen Tiere, denen die Tierflüsterer begegneten, und eine weitere durch Brandrodung völlig zerstörte Fläche innerhalb von Mandulara.

Irgendwann spürte Mohit, wie etwas heftig an ihm rüttelte. Sein Körper fühlte sich an, als würde ihn jemand mit einer Zange packen.

„Wach auf, Pennsuse", drängte Chuck. „Jetzt mach schon, meine Arme faulen gleich ab."

„Verfaulte Arme sind fast so gut wie morsches Holz", knatterte Jerry von Chucks Schulter aus. „Da würde ich dann gern mal einen kleinen Bissen nehmen."

„Witzbold, was?", gab Chuck zurück.

Mohit nahm das Gespräch wie durch einen Schleier wahr. Erst ein leichtes Kneifen von Chuck ließ ihn schließlich richtig wach werden. Schläfrig sah er sich um und bekam einen Mordsschreck: Asante hatte unter einer Gruppe von riesigen Schirmakazien angehalten, und zwar so nah an der Simari-Schlucht, dass Mohit problemlos in den tiefen Abgrund blicken konnte.

„Wow! Wow! Wow!" Mohit wurde heiß und kalt gleichzeitig. „Bleib bloß stehen, wo du bist, Asante. Noch einen Schritt nach vorn und wir stürzen ab."

Das Nashorn stieß einen Grunzer aus, der sich wie eine Art Lachen anhörte. Doktor Noa trat neben das Tier und knuffte Mohit sanft in den Oberschenkel.

„Keine Sorge, Mohit, so ein Nashorn weiß genau, wo es seine Schritte hinsetzen kann.“ Sie legte den Kopf in den Nacken, streckte und rekelte sich. „Wenn du ausgeschlafen hast, kannst du absteigen. Wir sind am Ziel.“

Über der weiten Ebene rund um die Simari-Schlucht ging gerade die Sonne auf. Der Blick in die Tiefe war atemberaubend. Die Simari-Schlucht war so breit wie einige Fußballfelder, schätzte Mohit, die Wände wiesen etliche Vorsprünge auf und waren nur von wenigen Büschen oder Moosen und Pilzen bewachsen. Etwa hundertfünfzig Meter ging es zwar nicht senkrecht, aber doch ziemlich steil nach unten. In der Tiefe schlängelte sich ein türkisblauer Fluss zwischen den Felsen hindurch.

„Das ist der Fluss Talki“, erklärte Doktor Noa. „Im Lauf von Millionen von Jahren hat er Schicht für Schicht des Gesteins abgetragen und freigelegt.“ Sie machte einen Schritt auf den Rand der Schlucht zu. „Seht euch die verschiedenen Gesteine an: roter Sandstein, grüner Gneis, schwarzer Schiefer. Ein spannender Wechsel von weichem und hartem Gestein.“

„Da wollen wir runter“, erklärte Lady Poppy. „Dazu war unser Kletterkurs gedacht. Das ist keine Übungswand.

Hier dürft ihr euch keine Unachtsamkeit erlauben. Wenn ihr abrutscht, stürzt ihr metertief in den Abgrund."
„Es wird ewig dauern, bis wir überall Haken in die Wände geschlagen haben. Oder sollen wir uns von hier oben abseilen?", wollte Mohit wissen.
Doktor Noa, die sich mit den anderen Tierflüsterern zu Poppy und Mohit gestellt hatte, schüttelte den Kopf. „Das mit den Haken hat mein Vater schon erledigt. Er hat sie auch immer wieder erneuert. Das Gestein ist tückisch, es ist wichtig, dass man komplett gesichert absteigt. Wir waren einige Male zum Klettern hier. Das Abseilen dürfte kein Problem sein. Ich weiß, dass es irgendwo auch einen anderen Weg geben müsste. Aber den können wir sowieso nicht nehmen, denn nach der Regenzeit ist er wahrscheinlich zu glitschig und gefährlich."
Lady Poppy erklärte: „Als Erstes lassen wir das Gepäck und den Proviant hinunter. Die Portaledges bleiben vorerst hier, wir suchen ein Lager in der Schlucht. Erst wenn das nicht möglich ist oder zu gefährlich sein sollte, kommen die Schwebezelte zum Einsatz. Aber jetzt verabschieden wir zunächst mal unsere treuen Nashörner. Jabari, Kito, Asante und Jabina."

Die Tierflüsterer und Doktor Noa klatschten Beifall. „Danke für eure Hilfe. Nun müssen wir eine Weile ohne euch auskommen", sagte Doktor Noa. „Wir geben euch ein Zeichen, wenn wir den Rückweg antreten wollen."

Die Breitmaulnashörner brummten kurz zum Abschied.

Lächelnd sah Mohit zu, wie die vier Nashörner, kaum dass sie vom Gepäck und von den Haltegurten befreit waren, sofort lostrabten, um das nächste Wasserloch zu suchen.

„Ich nehme an, dass dieser Schattenplatz die Stelle ist, an der wir beide warten sollen", knurrte Carlos und deutete mit dem Kopf auf Iggy.

Doktor Noa nickte. „Genau wie besprochen, mein Freund."

Gerührt beobachtete Mohit, wie die Schulleiterin ihre Hand auf den Rücken des Löwen legte und Carlos den mächtigen Kopf an ihren Oberschenkel drückte.

„Ich kann dir zumindest schon berichten, dass ich Silvesters Witterung aufnehmen konnte, Doc", knurrte Carlos. „Er ist hier gewesen. Ich kann seine Spur bis an den Rand der Schlucht verfolgen. Er war am Leben."

Gemeinsam mit Doktor Noa und Lady Poppy folgte Mohit dem Löwen bis an die Stelle, an der Silvester in der

Schlucht verschwunden sein musste. Lady Poppy markierte den Punkt, indem sie einen kräftigen Haken in das Gestein schlug und daran ein Seil befestigte, das schnurgerade nach unten hing.

„Hier werde ich später absteigen", sagte sie zu ihrer Cousine. „Wir werden Silvester finden, Eli, keine Sorge."

Doktor Noa lief zu Iggy, kniete sich einen Moment neben den Blauen Leguan und sprach leise auf ihn ein.

„Carlos und Iggy werden hier oben auf uns aufpassen. Unten in der Schlucht wollen uns die Hibblinge begleiten", erklärte Doktor Noa anschließend den Mädchen und Jungen, die erwartungsvoll am Rand des Abgrunds standen. „Für unseren tapferen Löwen und Iggy wäre es sowieso viel zu beschwerlich, in die Schlucht zu gelangen."

Mohit nickte. „Und falls Devin Dolor hier auftaucht, können die beiden uns warnen."

Roaaaaar!

Carlos schüttelte die Mähne und fletschte bedrohlich die Zähne. „Devin Dolor soll sich auf etwas gefasst machen. Wenn Iggy und ich ihn hier irgendwo entdecken, ist das sein Untergang!"

Gschrrrrr!

Der Blaue Leguan zischte angriffslustig und schlug heftig mit dem langen Schwanz. So aufgebracht hatten die Tierflüsterer ihn noch nie gesehen.

Enisa verbeugte sich leicht vor dem Löwen und dem Leguan. „Es ziemt sich, dass wir uns für euren Schutz bedanken."

Aus den Augenwinkeln beobachtete Mohit, wie Chuck mit den Augen rollte. Paul grinste und zuckte mit den Schultern.

Ihre Art zu reden ist nach wie vor ein bisschen seltsam, aber sie kann einfach nicht aus ihrer Haut, sollte das wohl heißen.

Jeek-jeckjeck!

Ein lautes Rufen erklang am Himmel und als Mohit nach oben sah, erkannte er die Umrisse eines großen Greifvogels.

„Da ist Rapax!" Mohit deutete mit dem Zeigefinger zum Himmel.

Lady Poppy nickte. „Er kennt die Schlucht gut. Er wird uns leiten und unsere Schritte genau beobachten. Bitte hört auf ihn, wenn er euch Anweisungen gibt."

Elegant flog der Savannenadler immer kleiner werdende Kreise über den Tierflüsterern, bis er schließlich auf den Zweigen eines Affenbrotbaumes landete.
„Dann können wir jetzt mit dem Abstieg beginnen“, erklärte Doktor Noa.

Fast drei Stunden dauerte es nach dem Abseilen des Gepäcks und des Proviants, bis auch alle Tierflüsterer und die beiden Lehrerinnen am Grund der Schlucht angekommen waren. Nebeneinander waren sie abgestiegen. Zweimal war Rapax im Sturzflug in die Schlucht herabgestoßen. Einmal, als Chuck sich nicht konzentriert hatte und zunächst mit einem Fuß keinen Halt mehr fand, dann auch beinahe mit dem zweiten ins Leere gestiegen wäre, hätte Rapax ihm nicht den entscheidenden Tipp gegeben. Beim zweiten Mal, als Doktor Noa Enisa stützen wollte, dabei aber selbst beinahe mit dem Fuß ins Leere gestiegen wäre, war ihr der Savannenadler eilig zu Hilfe gekommen. Rapax hatte so durchdringend gewarnt, dass die Lehrerin wieder Tritt fassen konnte.
Lady Poppy, die über die von ihr markierte schwierige Route abstieg, hatte Mohit als besten Kletterer der Gruppe

direkt nach Doktor Noa in die Schlucht geschickt.
Der empfand das als große Ehre. Das Hinuntersteigen war anstrengend, aber machbar. Dank Lady Poppys knallhartem Crashkurs meisterten auch Amy, Coco und Paul die Wand mit Bravour.

„Habt ihr die vielen Löcher im Fels bemerkt?", rief Mohit am Grund der Schlucht atemlos, während er seinen Klettergurt abstreifte. „Auch hier unten gibt es Höhlen und Gänge in der Wand. Seht sie euch mal genau an, ich habe das Gefühl, dass einige ganz frisch sind. Als hätte sie jemand gerade mit einem riesigen Bohrer gemacht."

„Stimmt, Kumpel." Chuck nickte. „Sieht aus wie 'n Schweizer Käse."

„Lecker!", trompetete Jerry.

Doktor Noa wischte sich den Schweiß aus dem Gesicht. „Mohit hat recht. Wir sollten die Höhlen so bald wie möglich unter die Lupe nehmen", schlug sie vor. „Ich habe das Gefühl, dass Silvester hier irgendwo zu finden ist."

Lady Poppy flitzte auf die Gruppe zu, in einer Hand schwenkte sie einen Stiefel. „Ich habe einen Schuh von Silvester in einer Nische im Felsen gefunden! Er muss hier irgendwo sein!"

„Vielleicht ist er verletzt und braucht Hilfe", meinte Amy. Doktor Noa nickte. „Würdet ihr unser Lager aufschlagen? Ich muss mit Poppy noch weitersuchen, ich halte diese Ungewissheit nicht aus." Sie deutete nach Norden. „Dort hinten ist eine wunderbare glatte Fläche ohne Geröll. Es gibt viele knorrige Wacholderbäume, die Schutz bieten, und außerdem eine Quelle. So haben wir auch bestes Trinkwasser. Legt los!"

Mohit und die anderen Tierflüsterer mussten sich schwer zusammenreißen, um die Proviantkisten und Gepäckstücke zum Übernachtungsplatz zu schleppen und ihr Nachtlager zu errichten. Umso glücklicher waren sie, als es geschafft war. Hinter ihnen boten die Bäume Schutz, vor ihnen plätscherte der klare Fluss Talki. Der Tee, den Paul auf einem kleinen Kocher geschickt zubereitete, wärmte allen die müden Körper.

Nur die Hibblinge schienen kein bisschen müde zu sein. Kaum angekommen, flitzten sie Richtung Talki, sprangen ins kniehohe Wasser, badeten und putzten sich darin.

Amy seufzte. „So viel Energie müsste man haben."

Mohit nickte. „Unglaublich. Ich bin völlig erledigt. Bin gespannt, wie lange Doc und Poppy noch nach Silvester

Ausschau halten. Die beiden müssen doch eigentlich auch müde sein."

Als Doktor Noa und Lady Poppy mit dem Einbruch der Dunkelheit ihre Suche abbrechen mussten, standen schon warme Bohnen und Fladenbrot für die Lehrerinnen bereit.

„Wir haben mit dem Essen gewartet." Enisa machte eine einladende Handbewegung. „Ruht euch aus."

Erschöpft ließen sich die beiden Frauen am kleinen Lagerfeuer nieder.

„Irgendeine Spur von Silvester?", fragte Chuck.

Doktor Noa lächelte. „Ein paar Stinktiere haben ihn gesehen. Sie haben merkwürdige Dinge erzählt. Angeblich hat ihn etwas in eine Höhle geschleppt. Aber bestimmt passt Koru auf Silvester auf … irgendwie."

„Das Problem ist: Die Stinktiere konnten nicht sagen, wo diese Höhle gewesen ist", murmelte Lady Poppy. „Sie könnte überall sein."

Mohit beobachtete, wie Enisa ein Stückchen näher zu Lady Poppy rutschte. „Wir finden ihn. Ganz bestimmt. *Geduld und Humor sind zwei Kamele, die dich durch jede Wüste bringen*, hat meine Großmutter immer gesagt."

„Enisa hat recht, Doc.“ Mohit reichte Doktor Noa eine Decke. Es war nicht zu übersehen, dass die Lehrerin vor Anstrengung und Übermüdung fröstelte. „Wir sind schon acht Leute. Dann gibt es noch Rapax – und die Hibblinge wollen auch helfen. Das schaffen wir.“

„Oh Mann.“ Amy stöhnte. „Wenn ich jetzt nicht gleich etwas Warmes in den Bauch kriege, schaffe ich überhaupt nichts mehr. Dann kippe ich rücklings in den Fluss.“

Alle lachten.

„Erst hat man das Gefühl, man kann nicht mehr“, gab Mohit zu, „aber wenn wir uns dann wieder irgendwo eingerichtet und ein gemütliches Lager gebaut haben, ist es ein großartiges Gefühl.“

Amy wollte gerade antworten, als ein vielstimmiges Wispern und Flüstern die Schlucht erfüllte.

Amy! Aaaaaamy!

Du sollst unsere Tierflüsterin werden.

Amy!

Mohit schloss die Augen, um jeden Ton zu hören. Das Flüstern war für alle deutlich zu verstehen. Es war beinahe so, als würden die Stimmen seinen Körper zum Schwingen bringen. Und es ging nicht nur ihm so, stellte er fest, als er

die Augen wieder öffnete. Amy war aufgestanden, hielt die Arme zu beiden Seiten ausgestreckt, wiegte ihren Körper sachte nach rechts und links und lächelte glücklich.
In diesem Moment näherten sich von allen Seiten niedliche große und kleine Felltierchen dem Lager.
„Hibblinge!“, platzte es aus Amy heraus. „Und so viele!“
Tibo und Ting traten nach vorn.
„Wir freuen uns, dass wir euch nicht nur begleiten dürfen, sondern dass wir in eurer Mitte auch unsere künftige Tierflüsterin gefunden haben“, erklärte Tibo. „Natürlich nur, wenn sie das möchte.“
Amy nickte heftig.
„Normalerweise leben wir am Rand der Schlucht“, fuhr Tibo fort. „Die Schlucht selbst meiden wir in letzter Zeit.“
Doktor Noa runzelte die Stirn. „Aus welchem Grund?“
„Nun … wegen der Kinshas. Früher waren es scheue, zurückhaltende Wesen, doch seit einiger Zeit sind sie angriffslustig und aggressiv. Etwas hat sich verändert.“
„Die Kinshas? Was sind Kinshas?“, wollte Mohit wissen.
Tibo räusperte sich. „Ihr werdet sie noch früh genug kennenlernen. Heute solltet ihr euch ausruhen, der Tag morgen wird sicher anstrengend.“

Kapitel 12

Eine neue Tierflüsterin

Diesmal zogen sich die Hibblinge höflich zurück, damit die Tierflüsterer allein und in Ruhe zu Abend essen konnten. Amy hatte keinen Appetit mehr. Ihre Kehle war plötzlich eng, die Hände zitterten. Sie hatte das unbestimmte Gefühl, dass in Kürze etwas passieren würde, das ihr Leben komplett veränderte. Oder war das vielleicht schon bei ihrer ersten Begegnung mit dem Knickohr-Hibbling Ting passiert?

„Amy, du hast vorhin so einen Hunger gehabt. Was ist mit dir? Du musst etwas essen", mahnte Coco.

Sie hielt der Freundin den kaum angerührten Teller hin.

„Ich würde auf Coco hören." Lady Poppy schmunzelte. „Wir haben heute noch etwas vor."

„Aber nix Stressiges, oder?", jammerte Chuck.

Lady Poppy schüttelte den Kopf. „Eher genau das Gegenteil!"

Amy mühte sich, ihre Bohnen aufzuessen, merkte aber

gar nicht, was sie da kaute. Es hätte genauso gut Gras sein können. Ihre Gedanken kreisten um die Hibblinge und das Flüstern. Warum reagierte Doktor Noa denn nicht endlich darauf? Warum redete keiner mit ihr über die Zeremonie, die es hoffentlich bald auch für sie gab? Das Flüstern der Hibblinge hatten doch inzwischen alle, wirklich alle mitbekommen.

Doktor Noa stellte ihren Teller zur Seite, nickte Lady Poppy kurz zu und stand auf.

„Hör mir zu, Amy. Poppy und ich haben beschlossen, dass heute dein Tag ist. Am Himmel siehst du schon den Vollmond, der bis hier herunter in die Schlucht leuchtet." Sie deutete auf einen hohen Felsspalt hinter der Schirmakazie. „Dort hinten entspringt die Quelle Kotalki, die ewig Sprudelnde." Sie blickte verträumt in die Ferne. „Vor vielen Jahren bin ich dort mit meinem Basul verbunden worden. Jetzt ist es an der Zeit, dass du Tierflüsterin wirst."

„Echt?", platzte es aus Amy heraus. „Ich meine … wirklich heute noch … jetzt?"

Lady Poppy lachte. „Ja, jetzt. Die Hibblinge haben dich zu ihrer Tierflüsterin bestimmt. Ich freue mich sehr, dass du deine Tierart gefunden hast. Jetzt noch mal ganz offiziell: Möchtest du Tierflüsterer der Hibblinge werden, Amy?"

„Oh Mann, wie konntet ihr so gechillt weiteressen, nachdem da dieses unglaubliche Flüstern war?" Amy schlug sich die Hand vor den Mund. „Das war so irre!"

„Das war es. Wir haben es alle gehört und wussten, was es bedeutet. Ich hatte auch bereits mit den Hibblingen gesprochen", gab Doktor Noa zu. „Trotzdem hat mein Magen geknurrt. Und auch die anderen hatten Hunger. Wir wollten dich einfach noch ein bisschen zappeln lassen." Sie lachte. „Alles zu seiner Zeit. Du hast aber noch nicht Poppys Frage und die der Hibblinge beantwortet. Möchtest du ihre Tierflüsterin werden?"

Amy stieß einen schrillen Schrei aus. „Ob ich das will? Oh my God, natürlich will ich! Unbedingt. Ich meine, darauf habe ich doch schon ewig gewartet." Amy runzelte die Stirn. „Aber … das geht doch gar nicht. Wir haben doch die Schieferplatte für die Zeremonie nicht dabei und Max und Silvester …"

Lady Poppy rieb sich die Hände. „Keine Sorge, es gibt eine kleine Version der Steinplatte, auf der ebenfalls das Wappen von Whisperworld abgebildet ist. Wir haben sie vor einigen Jahren extra anfertigen lassen. Die haben wir diesmal dabei, weil wir mit der Kletterausrüstung schon so viel Gepäck haben. Doc und ich sind immer bestens vorbereitet."

„Und es ist hundertprozentig im Sinne von Silvester und Max, dass wir ausnahmsweise einmal die Zeremonie ohne sie durchführen", stellte Doktor Noa fest. „Du bist so weit. Jetzt ist die richtige Zeit dafür."

Amy strahlte.

„Dann schlage ich vor, dass wir alles vorbereiten. Und du ziehst dich noch eine Weile ins Zelt zurück. Coco begleitet dich dorthin, hilft aber dann bei den Vorbereitungen. Husch, husch!"

Die Zeit, die Amy alleine im Zelt verbrachte, verging zäh. Sie hätte nicht sagen können, ob sie nur ein paar Minuten oder einige Stunden auf ihrer Matratze verbracht, an die Decke gestarrt und den Geräuschen von draußen gelauscht hatte. Amy unterdrückte ein Seufzen. Vielleicht war sie auch gar nicht dauerhaft wach gewesen, sondern hatte geschlafen. Ihr Körper fühlte sich fiebrig an, als würde er von innen glühen.

Plötzlich blendete sie ein Lichtstrahl, Amy musste die Augen schließen und öffnete sie nur zögerlich, als sie Pauls Stimme hörte: „Hier ist dein Begleitservice, Amy Butler."

Amys Herz hämmerte, als sie sich erhob. „Danke, Paul, aber musst du mir mit der Solartaschenlampe direkt in die Augen leuchten?"

„Sorry", flüsterte Paul verschämt und richtete den Strahl auf Amys Füße.

Coco kicherte. „Ich bitte um etwas mehr Vorsicht."

Langsam krabbelte Amy aus dem Zelt und ging hinter den beiden Freunden her. Die Lichtkegel ihrer Lampen und der volle Mond beleuchteten eine unglaubliche Szenerie: Rechts und links von ihnen hatten sich Dutzende Tiere versammelt. Da gab es kleinere Tiere wie Iltisse, Stinktiere, Dachse und Hasen, Schlangen, Skorpione und viele Arten von Käfern. Aber auch Pumas, Kojoten und sogar zwei Berglöwen. Dazwischen hockten immer wieder kleine Gruppen von Hibblingen. Vom Zelt bis zum Felsspalt hinter den Wacholderbäumen bildeten die Tiere eine Gasse für Amy.

„Da sind ja auch Carlos und Iggy!" Erfreut lief Amy auf die beiden zu. „Wie seid ihr denn in die Schlucht gekommen?"

„Frag nicht“, brummte Carlos. „Ein Berglöwe hat uns einen Pfad gezeigt, der mehr eine Rutschbahn war als ein Weg. Wir sind geschlittert, nicht gelaufen. Völlig unwürdig für jemanden wie mich.“

„Mecker nicht rum, Löwe. Für mich war der Weg wesentlich beschwerlicher. Aber nie im Leben hätten wir deine Zeremonie verpassen wollen, Amy“, zischte Iggy und schlug wild mit dem Schwanz. „Es wird Zeit!“

Erst jetzt bemerkte Amy, dass sich der Felsspalt nach unten hin an beiden Seiten vergrößerte. Dort gab es beinahe eine Art Bühne mit Treppenstufen. Erwartungsvoll saßen dort Chuck und Enisa, Mohit, Lady Poppy und Tibo. Solarlampen beleuchteten eine mit einem Ring aus Stein eingefasste Quelle. Sie speiste einen kleinen Bach, der zum Fluss Talki sprudelte.

„Wie schön es hier ist!“ Noch nie hatte sich Amy so kraftvoll und so lebendig gefühlt wie in diesem Moment. Es war, als würde ihr Herz überlaufen.

„Komm zu mir, Amy“, bat Doktor Noa.

Die Schulleiterin stand rechts neben der Quelle. Ting Knickohr, wie Amy ihn heimlich getauft hatte, wartete auf der linken Seite. Genau in dem Moment, als Amy zu ihnen trat, beleuchtete ein kräftiger Strahl Mondlicht das Becken. Das Licht breitete sich im Wasser aus und wurde wie Sternenstaub in die Luft reflektiert.

„Magisch", hauchte Amy.

Die Zeremonie, die nun folgen würde, kannte Amy schon von Coco und Mohit, von Paul und Chuck. Sie hätte ihr völlig gelassen und freudig entgegenblicken können. Aber sie war aufgeregt. Diesmal sollte sie nicht nur zuschauen, sondern die enge Verbindung zu ihrer Tierart selbst erleben. Ihre Beine begannen unkontrolliert zu zittern.

Doktor Noa reichte ihr die Hand und hielt sie fest. „Es ist alles gut, entspann dich. Tief ein- und ausatmen. Auf diesen Moment hast du so lange gewartet. Genieße ihn!"

Aus den Augenwinkeln sah Amy, wie Coco mit Daumen und Zeigefingern ein Herz formte und ihr aufmunternd zulächelte.

Auch die Gesichter von Chuck, Enisa, Mohit und Paul waren entspannt, ihre Augen leuchteten. Sie freuten sich aufrichtig für die Freundin. Enisa warf Amy einen langen Blick zu, den Amy gern erwiderte. Amy hätte sich vorstellen können, dass Enisa sich ärgerte oder eifersüchtig war, immerhin war sie die Letzte in der Gruppe, die auf ihren Ruf wartete. Aber in Enisas Augen lag pure Zuneigung, und das beruhigte Amy sehr. Das Zittern in den Beinen ließ nach, Amy straffte den Rücken.

„Wie gewohnt stehen hier am Rand der Quelle Kotalki, der ewig Sprudelnden, ein Bambuskörbchen mit Paranüssen sowie zwei Schalen für das Wasser", erklärte Doktor Noa. „Vor die Quelle haben Poppy und ich eine kleine Version der berühmten Steinplatte von Whisperworld gelegt. Der Hibbling Ting, Sohn des Stammesältesten Tibo, war es, der dich als Erster gerufen hat. Mit ihm führen wir die Zeremonie durch."

Doktor Noa drehte Amy und Ting für einen Moment den Rücken zu und hielt die Hände wie einen Trichter vor den Mund. „Und wenn ihr uns hören könnt, Silvester und Koru: Wir sind morgen früh wieder unterwegs, um euch zu suchen. Zuvor jedoch soll Amy Tierflüsterin werden. Das würdet ihr euch genauso wünschen."

Als Doktor Noa sich Amy wieder zuwandte, hatte sie Tränen in den Augen.

„Auch Max und Lola wären heute sicher gern bei uns. Aber es ist die falsche Zeit für Traurigkeit. Auf Wunsch der Hibblinge wird Amy heute Tierflüsterin ihrer Art."

„Endlich!“, brüllte Coco.
„Juhuuuu!“, rief Paul.
Chuck klatschte mit seinen Händen rhythmisch auf die Steinbank, auf der er hockte.
Auf Doktor Noas Aufforderung hin kniete sich Amy neben Ting vor die Steinplatte am Rand des Beckens.
„Amy, ich bin aufgeregt“, wisperte Ting.
„Ich auch.“ Amy grinste breit.
„Das ist gut.“ Der Hibbling versuchte es ebenfalls mit einem Grinsen, allerdings sah das Ganze eher nach wildem Zähnefletschen aus.
Amy stöhnte. „Wenn ich es nicht besser wüsste, würde ich bei deinem Lächeln schon wieder Schnappatmung bekommen, Ting. Die Zähne in euren niedlichen Gesichtern sind echt der Hammer!“
Lady Poppy war von ihrem Sitz aufgestanden, ans Becken getreten und griff nach dem Körbchen mit den Paranüssen. Sie bot jedem der Anwesenden außer Amy zwei Nüsse an und nahm selbst auch zwei.
„Stellt euch auf die Steinplatte, Amy und Ting“, bat Doktor Noa.
Erneut schickte der Mond einen Strahl bis zur Quelle und

Amy erkannte, kleiner als sonst, aber genauso deutlich, das Schulwappen, das auch den Torbogen im Deepwood schmückte: Links stand der Leguan, rechts der Löwe, in der Mitte der Papagei. Und darunter

Whisperworld – Das Land der Tierflüsterer.

„Diese Zeremonie ist eine alte Tradition, die mein Urgroßvater ins Leben gerufen hat. Jeder Tierflüsterer, der in die Welt ausgesandt wurde, hat sie durchlaufen. Mit all den Tierarten und Tierwesen, mit denen sie verbunden wurden. Auch ihr, Amy und Ting, sollt dies heute wiederholen." Doktor Noa lächelte. „Legt nun bitte eine Hand beziehungsweise Pfote auf das Wappen."

Amy und Ting kamen ihrer Aufforderungen nach. Vorsichtig umwickelte Doktor Noa Amys schmale Hand und Tings winzige Pfote mit langen Fasern eines Affenbrotbaumes. Im Anschluss griff sie nach den beiden Schalen, schöpfte mit ihnen Wasser aus der Quelle Kotalki, reichte sie Amy und Ting und bedeutete ihnen, daraus zu trinken. Gleichzeitig sprach sie die Formel, die Amy seit ihrer Berufung nach Whisperworld inzwischen schon häufig gehört hatte, die bisher aber nie ihr gegolten hatte.

„Es ist dieses Flüstern,
das Raunen und Wispern.
Die Verbindung zwischen zwei Wesen,
die niemals ist stärker gewesen.
Ein geheimes, untrennbares Band,
als ein Wesen das andere fand.
Der Tierflüsterer und sein Tier
für immer vereint, jetzt und hier.
Besiegelt von des Wassers Quelle,
bezeugt an Ort und Stelle.
Die Zukunft gehört dir –
Mensch und schützenswertes Tier!"

Ein vielstimmiges Grunzen erfüllte die Umgebung, schwoll an, stieg zum Himmel und verflüchtigte sich schließlich in der lauen Mondnacht.
Amy kicherte. „Sind das die anderen Hibblinge, Ting?"
Der kleine Hibbling nickte.
Amy prustete leise. „Es hört sich ein bisschen an, als

würden Schweine grunzen. Sorry, wenn ich das so sage, aber es stimmt einfach."

„So klingen wir, wenn wir uns ganz besonders freuen", erklärte Ting.

Kaum waren die Geräusche der Hibblinge verklungen, schallte es klar und deutlich durch die Schlucht:

Amy! Aaaaaamy!

Du sollst unsere Tierflüsterin sein!

Amy schloss die Augen. Sie brauchte ihre ganze Willenskraft, um nicht vor Freude loszuheulen.

Doktor Noa hielt kurz den Finger an die Lippen, dann rief sie: „Wenn in einer magischen Entscheidungsnacht alles in Whisperworld schläft und ein Kind das Wispern einer bestimmten Tierart hört, ist es zum Tierflüsterer bestimmt." Sie wandte sich an Amy. „Hast du das Flüstern gehört, Amy?"

„Ja, das habe ich", gab sie mit fester Stimme zurück.

„Dann darf ich dir nun das Geschenk der Hibblinge überreichen", fuhr Doktor Noa fort.

Sie hob ein schwarzes Kästchen vom Boden auf. Ein Edelstein funkelte darauf.

„Ab diesem Zeitpunkt trittst du dafür ein, dass die

Lebensräume der Hibblinge in Whisperworld geschützt werden, damit Menschen wie Devin Dolor sie weder jagen noch für ihre Zwecke benutzen können. Du weißt, es ist deine Aufgabe als Tierflüsterin, dich auf der ganzen Welt für deine Art einzusetzen. Auch wenn die Welt vielleicht noch nicht bereit für unsere zauberhaften Freunde ist, so gibt es genug Arbeit in Whisperworld." Sie öffnete das Kästchen, hob ein geflochtenes Armband heraus, legte es um Amys Arm und verknotete es geschickt. „Dieses Schmuckstück besteht aus dem Fell der Hibblinge, fein geflochten. Nun trägst du das Symbol eurer Verbindung."
Amy strich sanft mit ihrem Zeigefinger über das Band.
„Ich danke dir, Ting, ich danke allen Hibblingen. Ich verspreche feierlich, dass ich euch schützen werde, so gut ich kann."
„Bravo!"
Lady Poppy schlug die Paranüsse in ihren Händen erst sachte, dann immer lauter aufeinander. Coco, Chuck, Enisa, Mohit und Paul schlossen sich an.
Dem rhythmischen Klackern folgte das kräftige Gebrüll von Carlos und den beiden Berglöwen. Pumas knurrten dunkel, Kojoten bellten, Iggy und zahlreiche Schlangen

zischten gefährlich, dazu kam das Trillern und Zwitschern etlicher Vögel. Auch zwei Geier, die auf einem Wacholder hockten, streckten die kahlen Köpfe nach vorn und keckerten heiser. Im Gegensatz zu den anderen Tieren blieben sie jedoch nicht auf ihrem Platz, sondern erhoben sich eilig und flogen zu einer der Höhlen in der Simari-Schlucht.

Es war ein beeindruckendes Konzert, das an den Felswänden emporstieg, in die zahlreichen Höhlen und Gänge kroch und schließlich hoch über dem Abgrund verebbte.

Was keiner, der an der Zeremonie teilnahm, in diesem Moment ahnte: In seinem dunklen Gefängnis lag der verletzte Silvester und vernahm weit entfernt das Klackern der Paranüsse und das Gebrüll der Tiere. Tränen bildeten sich in seinen Augen. Freudentränen.

Nie hatte er die Hoffnung aufgegeben, aber nun war er sich sicher, dass seine Rettung kurz bevorstand.

Die Chroniken von Whisperworld

Aufzeichnungen von Pete Noa:

In der Simari-Schlucht, April 1975

Karg ist die Vegetation in der Schlucht zu beiden Seiten des Flusses Talki, es gibt dort nur hin und wieder einige dornige Büsche oder Ansammlungen von immergrünen Wacholderbäumen. Diese Farbtupfer jedoch machen, besonders wenn sie von hereinbrechenden Sonnenstrahlen erhellt werden, den besonderen Charme der Simari-Schlucht aus. Nicht zu vergessen das klare Wasser, dessen türkisblaue Färbung in dieser Umgebung geradezu surreal wirkt. Das Flussbett ist übersät von riesigen Felsbrocken, die im Lauf der Jahre von den Felswänden gebrochen und in den Talki gestürzt sind. Zunächst erscheint es dem Besucher, als wäre er komplett allein in dieser kümmerlichen Umgebung, als würde es hier unten kein Leben geben. Doch wer sich Zeit nimmt, wird bald eines Besseren belehrt.

Kaum saß ich eine Weile auf einem Felsen, die flachen Hände zur Seite gestreckt, um meine Kommunikationsbereitschaft zu signalisieren, begann die Umgebung zu pulsieren. Über achtzig Tierarten habe ich im Lauf der nächsten zwei Stunden gezählt – darunter Dickhornschafe und Pumas, Reptilien wie den seltenen Halsbandleguan, Klapperschlangen und etliche Eidechsenarten und Vögel wie die hier beheimateten Kondore mit ihrer eindrucksvollen Flügelspannweite. Ganz zu schweigen von unzähligen Spinnen und Insekten und dem Übermaß an Fischen im Fluss Talki.

Die erstaunlichsten Lebewesen sind mir jedoch bei der Untersuchung einer der großen Höhlen am Grund der Schlucht begegnet:

Riesenwürmer, die aus ihren Gängen tief im Inneren der steilen Felswände krochen. Sie waren rosafarben, mit feinen weißen Maserungen auf der ölig glänzenden Haut. Ihren Durchmesser würde ich auf 1,5 Meter, die Länge auf mehr als acht Meter schätzen. Zogen sie mit schmatzenden Geräuschen ihre Ringmuskeln zusammen, wurden sie, wie alle anderen Würmer auch, dünner und noch länger, beim Zusammenziehen der Längsmuskeln wieder dick. So krochen sie auf einer Art Ölspur durch das abwechselnde Strecken und Zusammenziehen der einzelnen Körperabschnitte. Ihre Kommunikation schien durch verschiedene Bewegungen des Kopfsegments zu funktionieren. Ein Murmeltier hat mir ihren Namen verraten: Kinshas.

Zunächst konnte ich die seltsamen Wesen problemlos von einem Nebengang aus beobachten.

Ein loser Stein, den ich aus Versehen weggetreten hatte, erregte jedoch ihre Aufmerksamkeit. Kurzerhand trat ich aus meinem Versteck und gab mich zu erkennen. Ich wollte mit den Tieren die Kommunikation aufnehmen, die ich bereits von so vielen Arten gewohnt bin. Die Würmer reagierten weder aggressiv noch erschrocken, waren jedoch so scheu, dass sie sich in ungeheurer Geschwindigkeit in ihre unterirdischen Baue zurückgezogen haben. Aufgrund meiner zeitlichen Vorgaben und des geplanten Abreisetermins war es mir nicht möglich, den zurückhaltenden Wesen zu folgen. So werde ich die höchst interessanten Kinshas wohl zu einer anderen Zeit ausführlicher studieren müssen. Ich möchte unbedingt mehr über diese bizarre Art erfahren.

Kapitel 13

Unglaubliche Entdeckungen

„Ich gehe voraus!"

Paul packte die Solartaschenlampe fest mit beiden Händen und leuchtete in den breiten, tintenschwarzen Gang, der vor ihm lag. Sein Rücken tat höllisch weh und er musste die Zähne zusammenbeißen. Wahrscheinlich steckten noch immer Dornen in seinem Fleisch. Früh am Tag hatte er mit Coco und Doktor Noa zunächst stachelige Büsche vor dem Eingang zur Höhle wegdrücken und dann schwere Steine zur Seite räumen müssen.

Der Eingangsbereich war noch teilweise vom Tageslicht erhellt, das aus der Schlucht hineindrang. Mehrfach waren die drei an der Höhle vorbeigelaufen, erst durch ein hineinhuschendes Kaninchen hatte Paul sie entdeckt.

Alle Tierflüsterer, Lady Poppy, Carlos, Iggy, die beiden Berglöwen, die bereits an der Zeremonie teilgenommen hatten, und die Hibblinge waren von Doktor Noa früh am Morgen in Gruppen eingeteilt worden, um

Silvester und Koru zu finden. Davor hatte Rapax, der Savannenadler, ihnen eine kurze Einführung über die Simari-Schlucht gegeben. Er hockte auf dem toten Ast eines Wacholderbaums und krächzte:

„Diese Schlucht ist viele Hundert Meter lang und von etlichen Höhlen und Labyrinthen durchzogen. Einige sind klein und überschaubar, manche Tunnel fressen sich tief in den Stein. Das haben mir die zahlreichen Mäuse berichtet, die ich im Anschluss verspeist habe."

„Gemein", hatte Paul Coco ins Ohr geflüstert.

„Das habe ich gehört." Rapax hatte ihn mit den gelben Iriden seiner Augen fixiert. „Fressen und gefressen werden. So ist das in der Natur."

Paul wäre gern endlich aufgebrochen, denn das Treffen unter den Wacholderbäumen hatte bis zu diesem Zeitpunkt schon eine ganze Weile gedauert. Das lag daran, dass die Tierflüsterer den Adler zunächst nach wie vor nur schlecht verstanden hatten. Immer wieder rätselten sie über das Kauderwelsch, das aus seinem Schnabel kam. Erst mit der geduldigen Unterstützung von Doktor Noa hatten schließlich alle so intensiv Kontakt zu dem Raubvogel aufgenommen, dass sie seine Worte verstanden.

„Ich bin fertig mit meiner Ansprache und wünsche euch viel Erfolg. Wenn ihr Hilfe braucht, ruft mich“, erklärte Rapax zum Schluss und schlug mit den ausladenden Flügeln. „Ich sage es nur ungern, aber was ihr vorhabt, ist so gut wie unmöglich.“

Rapax sollte recht behalten.

Trotz der frühen Tageszeit war es nun bereits die vierte Höhle, in der Paul, Coco und Doktor Noa standen. Drei andere hatten sie schon vergeblich durchsucht.

„Ich weiß nicht.“ Doktor Noa zögerte. „Ob wir wirklich diesen dunklen Gang weiterlaufen sollen? Vielleicht wäre es besser, uns gleich eine andere Höhle vorzunehmen. Es gibt hier überhaupt keine Spuren oder Hinweise auf Silvester und Koru.“

Paul schüttelte den Kopf. „Mein Bauchgefühl sagt mir, dass da hinten irgendwas ist.“

„Dein … Bauchgefühl?“ Coco lachte kurz auf, verstummte aber sofort wieder, denn mit einem Mal drangen aus dem schwarzen Schlund merkwürdige Geräusche zu ihnen.

Sie hörten ein Schaben, ein Kratzen, dann einen Laut, als würde etwas Schweres über den Boden geschleift. Dem folgte ein lang gezogener, hässlicher, knirschender Ton.

„Oh Gott, das hört sich an, als würden Knochen splittern“, stellte Doktor Noa fest. „Du hast recht, Paul, da muss irgendwas sein …“

In diesem Moment schallten kurz hintereinander Laute durch den Gang, die Paul das Blut in den Adern gefrieren ließen. Sie klangen wie eine Mischung aus einer Schiffssirene, dem Trompeten eines Elefanten und dem tiefen Ton einer Tuba.

„Was war das?“ Paul fuhr herum, der Strahl seiner Lampe streifte Doktor Noa.

Ihr Gesicht war aschfahl, gleichzeitig blitzten ihre Augen, als hätte sie einen Schatz entdeckt.

„Was ist, Doc?“ Coco stupste die Schulleiterin an. „Sollen wir umkehren?“

„Nein! Bloß nicht, auf keinen Fall! Ihr werdet es mir nicht glauben …“, sie verschränkte die Arme im Nacken und wanderte für einen Moment nachdenklich im Kreis herum, bis sie abrupt stehen blieb. „Es ist unfassbar, unglaublich, aber … das Tier, das da gerade gebrüllt hat, war mit neunundneunzigprozentiger Sicherheit … ein Parasaurolophus.“

„Ein … Para… das ist aber nicht das, was ich meine,

oder?“ Pauls Blick flog durch die Höhle, zum Gang, zu Doktor Noa, zu Coco.
„Doch. Ist es.“ Doktor Noas Gesicht verzog sich zu einem breiten Grinsen. „Es ist ein Dinosaurier – mindestens einer, wenn ihr mich fragt. Es muss ein Parasaurolophus sein. Das war ein etwa zehn Meter langer Pflanzenfresser aus der Zeit der Oberkreide, also vor 145 Millionen bis 66 Millionen Jahren.“
Coco nickte. Ihre Neugier hatte über die Angst gesiegt. „Er konnte sich auf zwei und vier Beinen fortbewegen.“
„Wovon redet ihr? Ist das hier so was wie *Jurassic Park*?“ Paul schüttelte ungläubig den Kopf. „Kommt vielleicht gleich ein T. rex durch den Gang geschossen?“ Vorsichtig machte er ein paar Schritte zurück.
„Ich weiß es nicht, Paul. In Whisperworld ist alles möglich. Aber wenn wir nicht nachsehen, erfahren wir es nie. Und finden auch unseren Freund Silvester nicht, falls er hier drin ist“, gab Doktor Noa zu bedenken.
Coco hob die Hände. „Moment mal, Doc. Es gab so unendlich viele Dinosaurier, und das waren gerade mal zwei Geräusche, die wir gehört haben. Wie kannst du so sicher sein, dass es ausgerechnet dieses Urzeittier ist?“

Doktor Noa nickte. „Guter Einwand, Coco. Aber der Parasaurolophus ist verdammt genau untersucht worden. Sein charakteristisches Merkmal ist der Schädel mit dem langen Knochenzapfen.“ Sie zog ihr Messer aus der Scheide an ihrem Gürtel und malte einen Schädel in den weichen Boden der Höhle. „Fossilien geben nicht nur Auskunft über das Aussehen und die Form von Sauriern. Anhand der Knochenstrukturen kann man noch viel mehr erkennen. Zwei Parasaurolophusschädel wurden vor einigen Jahren in New Mexico gefunden. Einer war komplett erhalten. Die Wissenschaftler haben festgestellt, dass in diesem Saurier Röhren von den Nasenlöchern bis in den Schädel verlaufen. Mit diesem Wissen konnte man anhand eines 3D-Modells ziemlich genau die Geräusche nachahmen, die ein Parasaurolophus von sich gegeben haben muss.“

Wie zur Bestätigung ertönten wieder die ungewöhnlichen Geräusche, diesmal gleich drei-, viermal hintereinander und wesentlich näher als vorher.

Doktor Noa rieb sich die Hände. „Die meisten Lebewesen, auch Menschen, benutzen weiche Membranen und Organe, um Geräusche zu erzeugen. Sie zerfallen, wenn das Tier oder der Mensch stirbt, können also nicht später

als Fossilien gefunden werden. Beim Parasaurolophus war das anders. Kein Zweifel, wir haben diesen Ton an der Uni zigmal gehört. Ich werd verrückt, das ist ein Dinosaurier!"
„Und was machen wir jetzt?" Cocos Stimme war nur noch ein Hauch. „Sollen wir nicht lieber die anderen rufen oder zurückgehen oder …?"
„Nein! Das würde viel zu lange dauern. Außerdem sind alle irgendwo tief in den Höhlensystemen unterwegs. Wir müssen Silvester finden. Oder ein paar Saurier, am besten beides." Doktor Noas Stimme duldete keinen Widerspruch. „Los. Wir sehen nach!"
Die Schulleiterin wischte das Messer an der Hose ab, steckte es in die Scheide, knipste ihre Taschenlampe an, machte einen energischen Schritt nach vorn und war im dunklen Gang verschwunden, bevor Paul und Coco Einspruch erheben konnten.
„Ach du fette Dinokacke", murmelte Paul und folgte ihr. Seine Beine fühlten sich an wie Pudding, sein Herz klopfte bis zum Hals. Instinktiv reichte er Coco die Hand, die sie gern nahm. Allein zurückzubleiben war für Coco keine Option, außerdem war sie ausgesprochen neugierig, was die Saurier anging.

Der Gang führte stetig nach unten. Je weiter sie in ihn eindrangen, desto kühler wurde die Luft. Feine Wassertropfen perlten von der Decke, es roch feucht und modrig. Nach einigen Hundert Metern stieß Paul mit dem Fuß gegen etwas, das krachend auseinanderfiel. Panisch ließ er Cocos Hand los, hüpfte einen Schritt zur Seite und verlor dabei die Taschenlampe, die ein Stück den Gang entlangrollte.

„Was ist los?“ Doktor Noa war sofort bei ihm und leuchtete auf den Boden.

Vor Paul türmte sich ein Berg aus Knochen. An einigen hingen noch Fleischfetzen.

„Igitt!“ Coco schlug die Hände vors Gesicht.

Beherzt nahm Doktor Noa einen der Knochen in die Hand und untersuchte ihn akribisch. Die Taschenlampe flackerte, sie hatte offensichtlich nicht mehr viel Energie.

„Die Knochen liegen noch nicht lange hier. Das war erst vor Kurzem eine feine Mahlzeit von einem oder mehreren größeren Tieren. Zu eurer Beruhigung: Der Parasaurolophus gehört zu den Herbivoren, er kann es also nicht gewesen sein.“

„Zur Beruhigung?“ Pauls Stimme klang viel höher als

sonst, die Hand, mit der er die Solarlampe hielt, zitterte. „Na ja … unter den Dinosauriern gibt es auch etliche Fleischfresser.“ Er machte eine lange Pause. „Gehen wir trotzdem noch weiter?“

„Was denn sonst?“ Doktor Noa lief voran.

Als ihre Lichtquelle Sekunden später den Geist komplett aufgab, schien die Schulleiterin davon völlig unbeeindruckt zu sein.

Coco flitzte ein Stück zurück, packte Pauls Lampe vom Boden und rannte wieder zu den anderen.

„Hier!“ Keuchend vor Angst drückte sie Paul das Licht in die Hand. „Die hattest du vor lauter Begeisterung über die Knochen und Fleischreste wohl einfach liegen lassen?!“

Doktor Noa nahm das Betäubungsgewehr von der Schulter. „Sehr gut, danke, Coco. Paul, du bist der Größte von uns, jetzt musst du für uns alle leuchten. Ich gehe weiter voraus. Mir nach!“

Eher widerwillig folgte Paul ihrer Aufforderung. Coco schien das Ganze wesentlich gelassener zu nehmen, hielt aber genau wie er bei jedem kleinsten Geräusch erschrocken inne.

Paul war erleichtert, als der Gang schließlich in einer

mächtigen Halle endete, die von einem seltsam bläulichen Schein erhellt wurde.

Als er sich an das Dämmerlicht gewöhnt hatte, traute er seinen Augen kaum. Drei Gänge führten aus der Halle noch tiefer in das Höhlensystem. Die Wände der Halle hatte jemand geglättet und teilweise mit Putz versehen, um gerade Flächen zu erzeugen. An der etwa vier Meter hohen Decke verliefen Rohre mit schlitzförmigen Öffnungen. Ein permanentes Rauschen und ein gleichmäßiger Luftstrom verrieten, dass es sich dabei um eine unterirdische Klimaanlage handeln musste.

Fassungslos starrte Paul auf Arbeitstische mit Schaltflächen, Knöpfen und Sticks, auf Bürostühle mit breiten Armstützen und hohen Rückenlehnen, auf Monitore, die in die Wände eingelassen waren, und Computer. Zwei Geräte liefen, die anderen waren abgeschaltet.

Paul trat näher. Die flackernden Lichtpunkte und das Gewirr von Linien auf dem einen Bildschirm ergaben in seinen Augen absolut keinen Sinn, das Bild auf dem zweiten erschloss sich ihm sofort.

„Das sind die Bilder einer Außenkamera. Wer auch immer hier drin war, er wusste, dass wir kommen."

„Verdammt!“, platzte es aus Doktor Noa heraus. „Das ist eine komplette Kommandozentrale.“

In diesem Moment erschien auf dem Bildschirm, vor dem Paul stand, eine flackernde, knallrote Schrift:

Du kommst zu spät, Eleonor.
Die Dinosaurier sind ihr Geld wert.
Pech für dich.
Mich kriegst du nie!

Höhnisch blinkten die Buchstaben auf wie Leuchtreklamen, tanzten über den Bildschirm, fielen auseinander und setzten sich wieder zu Wörtern zusammen. Es folgte ein Klackern, ein Sirren, ein mechanisches Rauschen. Mit einem Knall schalteten sich die beiden Bildschirme aus, die Computer wurden heruntergefahren, und das Rauschen der Klimaanlage verstummte.

Mit weit aufgerissenen Augen beobachtete Paul, wie im dünner werdenden Lichtstrahl seiner Taschenlampe etwas Rosafarbenes durch den Raum schoss und in Windeseile Felsmaterial vor den Gang schob, aus dem sie gerade gekommen waren. Schon war das Etwas wieder verschwunden.

Weg hier! war Pauls erster Impuls, doch Doktor Noa kam ihm zuvor:

„Duckt euch!“

Sie riss Paul und Coco mit sich unter eine Arbeitsfläche – in letzter Sekunde, bevor sich zwei weitere rosafarbene Wesen im schummrigen Licht durch den Raum wälzten und zwei weitere Gänge mit Steinen und Geröll unzugänglich machten. Schließlich verschwanden sie im dritten, noch offenen Gang und verschlossen diesen hinter sich mit stinkender feuchter Erde.

„Kinshas!“, keuchte Doktor Noa. „Eigentlich friedliche Riesenwürmer. Zumindest hat mein Vater das immer so erzählt. Allerdings sieht es danach gerade überhaupt nicht aus. Die sind so groß, dass sie fast den gesamten Raum füllen. Die Kinshas wollen uns einschließen. Raus hier!“

Paul atmete schwer. Sprechen konnte er nicht, dazu war er viel zu angespannt. Auch Coco brachte keinen Ton heraus. Da durchschnitt ein durchdringendes Signal die Stille, ein Knall erschütterte den Raum. Boden und Wände der Höhle vibrierten. Staubfontänen schossen in die Höhe, große und kleine Steine prasselten von der Decke auf die Schreibtische, die Stühle und Computer.

„Dieser Mistkerl hat die Höhle gesprengt!", brüllte Doktor Noa gegen den Lärm an.
In diesem Moment erlosch die Taschenlampe von Paul. Dunkelheit und das Geräusch herabfallender Steine erfüllten den Raum. Panik stieg in Paul auf, und plötzlich spürte er eine kleine, warme Pfote, die an seiner Hand zerrte.
„Ich bin es, Ting", hörte er den kleinen Hibbling. „Komm, wir bringen dich nach draußen. Beeil dich! Wir dürfen keine Zeit verlieren, die Höhle stürzt ein. Meine Geschwister haben Coco und Doc, keine Sorge."

Als er völlig ermattet und mit staubigen Kleidern neben dem Fluss Talki liegend aufwachte, wusste Paul nicht mehr, wie er es aus der Höhle geschafft hatte. Trotz des Sonnenscheins war ihm unglaublich kalt, er fröstelte, seine Zähne klapperten.
„Trink", hörte er Amys Stimme und spürte, wie sie eine Decke über ihn legte. „Alles in Ordnung, Paul, ihr seid gerettet."
Er drehte den Kopf nach rechts und sah in das staubige Gesicht von Coco. Er blickte nach links, wo Doktor Noa,

gestützt von ihrer Cousine Poppy, auf einem flachen Stein kniete und sich Gesicht und Augen mit klarem Wasser spülte.

„Devin Dolor … er muss es gewesen sein … der Typ hat in der Höhle … es war eine Kommandozentrale“, japste Paul. „Die Würmer … rosa Riesenwürmer … die Kinshas … sie wollten uns umbringen. Und … es gibt … Dinosaurier.“

Dann wurde ihm schwarz vor Augen.

Kapitel 14

In letzter Minute

Enisa, Chuck und Iggy bekamen gar nicht mit, was Coco, Paul und Doktor Noa erlebt hatten. Sie untersuchten zur selben Zeit eine andere, weit entfernte Höhle.

Rapax hatte sie auf das Loch im Felsen aufmerksam gemacht. Er hatte beobachtet, wie von dort in regelmäßigen Abständen ein geflecktes Raubtier nicht zu nächtlichen Beutezügen, sondern lediglich bis zum Fluss Talki aufgebrochen war. Mit geschmeidigen Bewegungen war es zum Wasser gelaufen, dann wieder zurück zur Höhle. Zwar hatte sich das Wesen dabei möglichst zwischen Büschen und Sträuchern verborgen, den Adleraugen war es jedoch nicht entgangen. Das untypische Verhalten hatte Rapax stutzig gemacht. Geduldig hatte er beobachtet, wo sich das Versteck des Raubtiers befinden musste.

Inzwischen waren Enisa, Chuck und Iggy schon weit in die Tiefe der Höhle vorgedrungen. Sie waren einigen

Abzweigungen und Windungen gefolgt, hatten jedoch bisher nichts Auffälliges entdeckt.

„Ich schätz mal, wir sollten umdrehn." Chuck wischte sich ein paar Schweißperlen von der Stirn. „Hier is nix. Lass uns lieber die nächste Höhle untersuchen."

Enisa nickte, blieb aber plötzlich stehen.

„Was sind das hier für Schleifspuren? Wieso sind mir die nicht schon vorher aufgefallen?" Sie leuchtete eine Rille ab, die sich tief in den mit weicher, feuchter Erde bedeckten Untergrund gegraben hatte. „Iggy, was meinst du?"

„Krrsssch", fauchte der Leguan, züngelte kurz und wiegte dann den mächtigen Schädel hin und her. „Die Spuren stammen von einem wirbellosen Tier. Koru war auch hier. Oder ist es noch."

„Wie bitte?" Enisa sah den Leguan entgeistert an. „Von wegen, hier ist nichts! Chuck, das ist großartig, lass uns weiterlaufen." Sie wollte schon lossprinten, als sie sich noch einmal zu Iggy umdrehte. „Äh … welches wirbellose Tier hinterlässt solche Schleifspuren?"

Doch der Leguan antwortete nicht, sondern flitzte an ihr vorbei in die Dunkelheit, sein Schwanz peitschte unruhig auf den Boden.

Fassungslos leuchtete Chuck dem Leguan mit seiner Taschenlampe hinterher.
„Er weiß, dass sein Freund hier ist“, erklärte Enisa. „Deshalb hat er es so eilig. Ich hoffe bei Allah, dass Silvester und Koru am Leben sind.“
Mit energischen Schritten folgten die beiden den Spuren, die Iggys Schwanz hinterlassen hatte. Zu ihrem eigenen Erstaunen fühlte sich Enisa in den dunklen Gängen ziemlich sicher. Vielleicht war es die Tatsache, dass mindestens fünf Hibblinge am Höhleneingang nur auf ein Zeichen warteten, um ihnen sofort zu Hilfe zu eilen. Seit der Zeremonie, in der Amy zur Tierflüsterin dieser Art geworden war, hatten die Hibblinge die Hilfe ihres gesamten Stammes zugesagt. Und das waren einige Tiere, die am Rand der Simari-Schlucht lebten!
Als Enisa und Chuck nach mehreren Hundert Metern an einer Weggabelung ankamen, hörten sie ein lautes, bedrohliches Zischen, ein einschüchterndes Fauchen und danach … vollkommene Stille.
„Was ist da passiert?“ Enisa leuchtete erst in den linken, dann in den rechten Gang. „Und wo kamen die Geräusche her?“

„Von links“, antwortete Chuck. „Komm!“
Der Gang machte eine enge Kurve. Enisa hatte alles Mögliche erwartet, aber nicht das: Koru und Iggy hockten erschöpft, aber einträchtig nebeneinander vor einem mächtigen Steinhaufen und schienen nur auf die beiden Tierflüsterer gewartet zu haben.
„Koru! Bist du verletzt? Wo ist Silvester?“, rief Enisa und wuschelte ihm einmal kurz durchs Fell. Zu viele Kuscheleinheiten mochten weder der Nebelparder noch der Leguan, das wusste sie inzwischen.
Korus Stimme klang belegt, beinahe heiser, als er antwortete: „Silvester liegt hinter dem Steinhaufen. Die Kinshas wollten ihn dort lebendig begraben. Aber ich habe ihm Wasser gebracht. In meinem Maul. Jede Nacht. Nie war ich jagen, ich wollte meinen Freund nicht so lange allein lassen.“ Er knurrte grimmig. „Einmal habe ich diesen Devin Dolor belauscht, als er darüber gesprochen hat, wie er sich die Tiere in der Gegend gefügig gemacht hat. Deshalb wollte ich keinem mehr trauen, keinem Bescheid geben. Jeder hätte ein Spion, ein Feind sein können. Ich war mir sicher, dass ihr uns suchen würdet. Die Kinshas können jederzeit wieder hier sein. Sie sind gefährlich.“

„Kinshas!“ Enisa kräuselte die Stirn. „Okay, das Wort habe ich schon mal gehört … von Tibo, dem obersten Hibbling. Klär mich kurz auf, Koru. Was sind Kinshas?“

„Riesenwürmer.“

„Riesen… okay, das spielt jetzt auch keine Rolle mehr. – Silvester? Kannst du mich hören?“, rief Enisa. Gleichzeitig zog sie ein paar Stücke Dörrfleisch aus ihrem Beutel und streckte es dem Nebelparder hin. „Die habe ich immer für den Notfall dabei, falls mich mal ein Fleischfresser angreift. Du bist sicher völlig ausgehungert.“

Erleichtert beobachtete sie, wie die Großkatze das Fleisch gierig hinunterschlang.

Chuck hatte in der Zwischenzeit damit begonnen, die Steine abzutragen, hinter denen Silvester liegen musste.

„Hörst du mich? Silvester, geht es dir gut?“, fragte er.

„Mmmmhhhh.“ Ein Stöhnen drang durch den Steinwall.

„Er lebt!“, brüllte Chuck, nur um im selben Moment aufzujaulen: „Autsch, aua!“

„Was ist?“ Enisa war sofort neben dem Freund.

„Mein Fuß … ich habe voll gegen den Stein getreten und jetzt … oh Mann … das tut so weh! Ich Idiot!“

Chucks Stimme klang schmerzverzerrt.

„Kannst du auftreten?"
„Ich ... aua ... nur mit dem einen Fuß."
„Okay, du bleibst hier. Versuch die Zähne zusammenzubeißen. Du musst trotzdem weiter Steine abtragen", wies Enisa ihn an.
„Aye, aye, Captain", wimmerte Chuck.
Enisa presst den Kopf an die Mauer aus Steinen. „Silvester, halte durch. Wir holen dich raus, wir müssen hier so schnell wie möglich verschwinden. Halte dich bereit, ich bin gleich wieder da."
Und dann tat das Wüstenmädchen etwas, das es sich selbst nie zugetraut hätte: Es ließ die Taschenlampe bei Chuck zurück. In völliger Dunkelheit, ohne Navigationsgerät, nur mit dem Gedächtnis als Wegweiser, rannte Enisa durch Gänge, Höhlen, schlitterte über Schlick, schürfte sich die Hände an den Wänden auf, prellte sich die Fußknöchel an losen Steinen, fiel hin, rappelte sich wieder auf, lief und lief und hatte nicht eine Sekunde lang das Gefühl, den falschen Weg eingeschlagen zu haben.
Als sie den Höhleneingang erreichte, ging sie für einen Moment in die Hocke und atmete tief durch.
„Wir brauchen euch, Hibblinge."

„Du blutest", gab eins der Tiere zurück.
„Unwichtig." Enisa winkte ab.
Dann lief sie denselben Weg mit den Hibblingen wieder zurück.
Weder Enisa noch Chuck hätten den kleinen Pelztieren die Kraft zugetraut, mit der sie den Steinberg abbauten, hinter dem sich Silvester verbarg. Auch die beiden Tierflüsterer packten kräftig mit an, ohne Rücksicht auf ihre Verletzungen.
Und schließlich, endlich, gelangten sie zu Silvester. Er lag auf dem kalten Steinboden, die Hände hinter dem Rücken gefesselt, die Füße ebenfalls verschnürt.
„Wenn ich den Idioten kriege, der das gemacht hat!", knurrte Chuck, humpelte auf den Lehrer zu und stützte ihn.
„Du kennst ihn", hauchte Silvester. Seine Stimme klang wie Schmirgelpapier. „Ich schätze mal, er hatte dich ähnlich gefesselt."
Chuck stöhnte.
„Warte." Enisa drückte Chuck ihre Trinkflasche in die Hand, damit er Silvesters Durst stillen konnte. Die Flasche von Chuck hatte Koru schon geleert.

Schnurrend wie ein Kätzchen umrundete der Nebelparder den Freund immer wieder und stieß ihn mit seinem Kopf an.

„Wie lang liegst du schon hier?", wollte Chuck wissen.

„Keine Ahnung." Silvester zuckte mit den Schultern. „Zwei Tage? Drei?"

„Dreieinhalb Tage und Nächte", stellte Koru fest. „Ich musste mich immer wieder verstecken. Die Kinshas haben regelmäßig nachgesehen, ob Silvester noch da hinten liegt. Diese Monster wollten ihn einfach krepieren lassen."

„Doc sagt immer, dass Tiere so was von sich aus nich machen. Sie jagen und töten aus Hunger oder um ihren Nachwuchs zu schützen, nich aus purer Boshaftigkeit", gab Chuck zu bedenken. „Dahinter steckt fast immer ein Mensch. Und ich weiß auch, wer dieser Mistkerl ist."

„Devin hat mir in Mandulara eins übergebraten.

Die Kinshas, die er abgerichtet hat, haben mich hierhergeschleppt. Der Typ hat hier irgendwo tief im Höhlensystem sein Hauptquartier oder zumindest eine wichtige Basis." Silvester schluckte trocken. „Und er hält ganz besondere Tiere gefangen, die es nur noch hier in Whisperworld gibt."

„Was meinst du damit?“ Chuck schüttelte den Kopf. „Ich hab keine Ahnung.“

Silvester holte tief Luft. „Dinosaurier.“

„Dino…? Ach du Kacke“, flüsterte Chuck. „Wenn das stimmt, dann würde der so was von krass reich, wenn er die verkaufen oder irgendwie ausstellen würde. Da wär doch die ganze Welt scharf drauf. Mist, da sind wir Devin Blödmann als Tierschützer natürlich voll im Weg. Crazy. Saurier, echt? Das klingt wie in diesem irren Dino-Film.“

„Ganz ehrlich? Das macht mir Angst.“ Enisa riss die Augen auf. „Wir sollten endlich von hier verschwinden. Die Frage ist nur: Wie?“ Sie überlegte. „Im Gang lagen einige Hölzer. Ich hole dir zwei als Krücken, Silvester. Kannst du laufen, Chuck?“

„Null Problemo, war nur ein kurzer Schmerz“, log er.

Es war eine ziemlich lädierte Gruppe, die sich kurz darauf durch den Fels bewegte. Doch alle wussten, dass das Ganze kein Spaß war, also bissen sie die Zähne zusammen und beeilten sich.

Das war auch nötig, denn mit einem Mal schossen von allen Seiten riesige, schleimige Würmer auf Enisa, Chuck, Iggy, Koru und die Hibblinge zu. Kinshas! Sie schienen aus allen Gängen und Winkeln der Höhle zu kommen. Die Tierflüsterer und ihre Tiere erstarrten beim Anblick der rosafarbenen Würmer. Sie waren riesig! Instinktiv bildeten die Freunde einen Kreis um Silvester, um ihn und auch sich selbst zu schützen. Doch zu ihrer Überraschung hatten es die Kinshas gar nicht auf die Menschen und Tiere abgesehen, sie griffen sie nicht an. Mit ihren massigen Leibern schoben sie stattdessen Steine und Geröll vor sich her.

„Verdammt, die wolln die Gänge verschließen und uns hier einsperrn“, keuchte Chuck.

Enisa sah panisch zu den Gängen, die langsam unpassierbar wurden.

Koru knurrte heiser, Iggy und die Hibblinge zischten.

Das war alles.

„Tut was, los! Ich bin kein Raubtier oder so was, ich habe keine spitzen Zähne“, brüllte Enisa die Tiere um sich herum an. „Auch wenn wir Tierschützer sind, das ist ein Notfall. Bewegt euch!“

Das musste sie nicht zweimal sagen. Wie aus einer Erstarrung erlöst sprangen der Leguan, der Nebelparder und die Hibblinge nun auf die kräftigen Leiber der

Würmer zu. Sie bissen gnadenlos in jede Stelle, die sich ihnen bot. Die Schleimschicht über den Körpern der Riesenwürmer ließ manchen Angriff abprallen, aber nach einiger Zeit waren die Kinshas angeschlagen. Sie zogen sich in atemberaubender Geschwindigkeit zurück. Die Hibblinge wollten ihnen nachsetzen, doch Enisa hielt sie zurück.

„Stopp! Lasst sie. Es ist viel wichtiger, dass wir hier schnell rauskommen. Wir müssen Silvester die Schlucht hinaufbringen. Die Gefahr ist noch nicht vorbei. Wenn Devin Dolor mitbekommt, dass wir da sind, wird er sich etwas einfallen lassen. Nichts Angenehmes, da bin ich sicher!"

Kapitel 15

Im Anflug

Mit zusammengebissenen Zähnen rannte Mohit den gewundenen Pfad entlang, der am Steilhang nach oben führte.

Rapax, der Savannenadler, verfolgte jeden seiner Schritte aus der Luft. Vor Mohit liefen Carlos und die beiden Berglöwen, die schon bei Amys Zeremonie Spalier gestanden hatten, hinter ihm kraxelten zwei Hibblinge und Iggy.

In Mohits Kopf ratterten die Worte von Lady Poppy. „Ich muss hier unten bleiben, um mögliche Verletzte zu versorgen. Du bist der beste Kletterer, Mohit. Du weißt, wie du ein Portaledge sicher abseilen und wieder nach oben bringen musst. Carlos und Iggy werden dich unterstützen, soweit es die Tiere können. Silvester kann nicht laufen, Koru ist ebenfalls viel zu schwach. Auch um Enisa und Chuck mache ich mir Sorgen. Ich weiß nicht, was die Explosion in unserer Höhle bei ihnen angerichtet hat.

Doch irgendwie kriegen wir alle nach oben. Du trägst eine Menge Verantwortung, Mohit, aber du schaffst das."
„Konzentrier dich, Mohit", krächzte Rapax über ihm. „Der Weg ist im nächsten Abschnitt ziemlich glitschig. Ein Rinnsal kreuzt. Aber es ist immer noch einfacher, als den Berg allein hinaufzuklettern. Und sicher auch schneller."
Den Bruchteil einer Sekunde später rutschte Mohit auf einer moosigen Stelle aus und wäre beinahe den Abhang hinuntergestürzt, hätte ihn nicht Carlos am Gürtel gepackt und hätten die beiden Hibblinge nicht jeweils eins seiner Beine festgehalten.
„Jungs … äh … oder Mädels, ich danke euch", keuchte Mohit und rappelte sich wieder auf.
So eine Unachtsamkeit durfte ihm nicht noch mal passieren, alle verließen sich auf ihn. Weiter also.
Der Anstieg war unglaublich anstrengend. Das, was Doktor Noa als Treppe bezeichnet hatte, war eine Rutschbahn mit ein paar Erhebungen. Mohit krabbelte, kroch, hielt sich an Grasbüscheln und dornigen Zweigen fest. Er biss die Zähne zusammen und grub die Finger in den Boden, um Halt zu finden. Zentimeter um Zentimeter, Meter um Meter arbeitete er sich nach oben.

Die drei Raubtiere, der Leguan und die Hibblinge mit ihren kräftigen Krallen schafften es mühelos, die Steigung zu überwinden. Aufwärts bereitete ihnen der Weg wenige Probleme, bergab hatten sie dagegen ihre Mühe gehabt. Mohit kam sich vor wie eine Kreatur, die von der Natur nur halbherzig ausgestattet worden war, eben ein Mensch. Er war unendlich dankbar, als er schließlich über den Rand der Schlucht stieg. Vor ihm lag eine weite, ebene Fläche – Grasland, das von der Nachmittagssonne in goldenes Licht getaucht wurde. Am Horizont grasten Büffel, Gnus, Elefanten und Giraffen.

„Als ob gar nichts passiert wäre", murmelte Mohit. „Heile Welt."

„Ich glaube, es ist das erste Mal, dass ich genauso wie ein Mensch empfinde", stimmte Carlos ihm zu. „Wie können die alle so locker rumstehen und einfach nur fressen?" Wütend schickte der Löwe ein Brüllen in die Weite der Savanne.

Unter der Gruppe von riesigen Schirmakazien nahe der Simari-Schlucht war noch immer das Lager der Tierflüsterer, auch die zurückgelassenen Teile der Ausrüstung lagen dort.

„Wir brauchen ein Portaledge, das große, die Karabiner und Haken, die Seile und Klettergurte“, wies Mohit die Tiere an. „Ganz egal, ob ihr versteht, was ich meine. Macht einfach was!“

Dankbar registrierte er, wie sorgfältig Enisa das Klettermaterial gepackt hatte. Alles passte genau zusammen, er musste nichts suchen oder aufwendig zusammenstellen.

„Was können wir tun?“, wollte Iggy wissen.

Hinter ihm hatten sich die Berglöwen und Hibblinge aufgebaut.

„Ihr Berglöwen solltet wieder den Weg nach unten antreten“, schlug Mohit vor. „Wir brauchen euch unten. Falls jemand aus unserem Team nicht klettern kann, muss er laufen. Das geht am besten mit eurer Begleitung. Ich kann nur das Portaledge mit Silvester und Koru sichern. Ich könnte mir vorstellen, dass Doc sich nicht im Klettergurt halten kann, ihr Rücken hat wohl etwas abgekriegt. Ohne eure Hilfe ist der Aufstieg schwer möglich. Ich danke euch für alles.“

Mit einem Brüllen verabschiedeten sich die beiden Raubtiere und schlugen den Weg in die Schlucht ein.

Die Hibblinge erwiesen sich beim Vorbereiten der Seile und Klettergurte als äußerst hilfreich. Ihre Pfoten waren beinahe so flexibel und geschickt wie die Hände von Menschen.

Endlich mal was Positives an unserer Spezies, dachte Mohit.

Schon nach kurzer Zeit konnten sie etliche Seile samt Klettergurten und ein Schwebezelt in die Schlucht hinunterlassen. Mohit schnappte sich ein Fernglas aus der Ausrüstung, stellte den Sucher scharf und richtete den Blick in die Schlucht. Lady Poppy stand dort mit Amy, Enisa, Coco und Paul und hob den Daumen. Alles lief bestens.

Gespannt beobachtete Mohit von oben, wie Lady Poppy, Paul und Amy zunächst Silvester in das Schwebezelt legten. Dann wandten sie sich dem Nebelparder zu. Koru schlug nervös mit dem Schwanz und fauchte. Mohit erkannte, dass Coco auf Koru einsprach und dabei mehrfach auf Silvester deutete. Und endlich, endlich ließ sich der Nebelparder überreden, auf die Unterlage zu steigen. Koru ließ sich nieder und drückte seinen Körper eng an den von Silvester.

„Und jetzt: Ziehen!“, befahl Mohit den beiden Hibblingen, Carlos und Iggy.
Irgendwie hatte Mohit es geschafft, das Seil um einen kräftigen Affenbrotbaum zu wickeln und einige flache Knoten hineinzuknüpfen, damit jedes Tier einen genauen Punkt hatte, den es im Auge behalten und woran es ziehen musste. Ob mit dem Maul oder den Pfoten, das war Mohit völlig schnuppe.
Am Felsen erwies sich Amy diesmal als äußerst geschickt. Sie sicherte Coco und schaffte es, die Freundin immer wieder zu motivieren.
Paul wackelte am Felsen zwar hin und her wie ein Fähnchen im Wind, aber unter der Anleitung von Lady Poppy gelang ihm der Aufstieg recht gut.
Auch wenn die Situation nicht danach war, fand Mohit es doch ziemlich amüsant, wie Chuck an der Felswand hängend jedem Befehl von Enisa folgte. Und es waren eindeutig Befehle, die sie aussprach, keine Hinweise. Von Schüchternheit oder Zurückhaltung keine Spur!
Chuck schien dankbar dafür zu sein, dass sich jemand voll und ganz um ihn kümmerte, und befolgte jede Anweisung.
Doktor Noa kämpfte sich tatsächlich, jeweils links und

rechts auf einen Berglöwen gestützt, zu Fuß die Schlucht hinauf. Sie lief so gekrümmt, dass Mohit beim Hinsehen glaubte, eine alte Frau vor sich zu haben, gleichzeitig ahnte er aber, dass sie niemals Schwächen zugeben würde. Wenn sie also nicht kletterte, dann war dies ein absoluter Notfall.

Erleichtert sahen Mohit, Carlos und Iggy von der Kante des Abgrunds aus, dass am Grund der Schlucht alles ruhig war. Kein Kinsha, kein Saurier, kein Devin Dolor war zu sehen. Stattdessen befanden sich alle Tierflüsterer und Lehrerinnen auf dem Rückweg. Lange konnte es nicht mehr dauern, bis alle oben waren. Tatsächlich streckten in diesem Moment zunächst Amy und Coco, dann Paul und Lady Poppy und schließlich auch Chuck und Enisa die Köpfe über den Rand der Schlucht.

„Willkommen, liebe Freunde. *Nimm es als Vergnügen und es ist ein Vergnügen. Nimm es als Qual und es ist eine Qual.* Hat mein Vater immer gesagt“, rief Mohit ihnen entgegen. „War ein Vergnügen, oder?“

„Darf ich mal was sagen? Wenn du noch eins deiner blöden Sprichwörter loslässt, hau ich dir eine rein, Mohit.“ Chuck schnaubte und knuffte den Freund in die Schulter.

„Sehr freundlich, Chuck." Mohit verbeugte sich lachend. „Danke für das Gespräch."
„Gern", gab Chuck zurück und freute sich, als sein Nashornkäfer von einem Baum hoch über der Schlucht auf ihn zutrudelte.
„Wird auch mal Zeit, Junge", schrappte Jerry erleichtert. „Hast du da unten Party gemacht ohne mich?"
Belustigt sah Mohit, wie der Nashornkäfer sein Horn in Chucks Hals rammte. Allerdings ziemlich vorsichtig.
In diesem Moment schrie Coco auf: „Kinshas! Da, beim Schwebezelt!"
Mohit reckte den Kopf über die Kante und erstarrte.
Über und unter dem Portaledge mit Silvester und Koru hatten zwei fette, riesige Würmer den Fels durchbrochen und bewegten sich auf das Schwebezelt zu. Auch Silvester hatte die gefährliche Situation erkannt, war aber völlig handlungsunfähig.
„Hilfe!", brüllte Silvester.
Koru fauchte wild.
„Silvester!", rief Doktor Noa. Sie musste von den Berglöwen davon abgehalten werden, um nicht wieder irgendwie zum Portaledge zu klettern.

Näher, immer näher wanden sich die Würmer dem Schwebezelt. Ihre glitschigen, schleimigen Körper bohrten sich beinahe senkrecht durch die Luft, getragen vom restlichen Leib, der im Felsen steckte. Gewiss würden sie das Portaledge in die Tiefe schleudern, sobald sie die Seile erreicht hatten.

In diesem Moment ertönte ein ungewohntes Sirren und Rauschen am Himmel über der Schlucht, ein Schatten legte sich über die Tierflüsterer.

„Was ist das?", fragte Amy.

Noch bevor jemand antworten konnte, begann ein Flugobjekt in immer engeren Kurven in die Schlucht zu gleiten.

„Das ist ein Gleitschirm. Und der fliegt gerade eine Steilspirale", stellte Paul ungerührt fest. „Das ist ein Profi."

Gebannt sahen alle, die am Rand der Schlucht knieten, lagen oder standen, wie die Person, die den Gleitschirm steuerte, eine Art Armbrust schulterte und auf jeden Kinsha zielte, feuerte … die Würmer aber jedes Mal klar verfehlte. Allerdings so präzise, dass das nur Absicht sein konnte. Der Schütze wollte die Würmer nicht treffen, sondern lediglich erschrecken!

Kurz bäumten sich die Kinshas auf, als wollten sie sich auf das Schwebezelt stürzen, aber dann wichen sie tatsächlich, wie von einer unsichtbaren Schnur gezogen, wieder in die Löcher zurück, die sie in den Felsen gebohrt hatten.

„Ziehen!“, brüllte Mohit.

Jetzt übernahmen die Tierflüsterer die Seile, die das Portaledge mit Silvester und Koru hielten, von den Tieren und befolgten Mohits Anweisung.

„Das war knapp“, keuchte Silvester, als das Schwebezelt den Rand der Klippe erreicht hatte.

„Allerdings“, meinte Mohit und sah dem Gleitschirm nach, der sich dank der Thermik wieder nach oben gearbeitet hatte und irgendwo am Horizont zu landen begann.

„Silvester!“ Doktor Noa stürzte auf den Glatzkopf zu, ebenso Lady Poppy.

Doktor Noa umarmte ihn stürmisch. „Ich wusste die ganze Zeit, dass du lebst. Ich freue mich so, dich zu sehen!“

„Du Idiot! Ich habe mir solche Sorgen gemacht“, schimpfte Lady Poppy. Sie war noch nie besonders gut darin gewesen, Zärtlichkeit oder Freude zu bekunden. „Komm her, lass dich drücken.“

„Äh, wie soll das gehen, Herzchen? Ich bin hier drin

verschnürt wie eine Ölsardine in ihrer Büchse", gab Silvester zurück.

Mohit grinste und löste die Sicherungsseile um den Lehrer.

„Das ist wirklich gerade noch mal gut gegangen, aber wer war diese Person, die …", wollte er gerade fragen, als zwei Menschen auf die Gruppe zuliefen, gefolgt von einem Papagei.

Mohit kniff für einen Moment die Augen zusammen.

„Lola!", rief er dann. „Max!"

Tatsächlich! Der Vertrauenslehrer der Schule, der für die weltweite Suche nach neuen Tierflüsterern zuständig war, trat auf die Gruppe zu.

„Na, da kommen wir ja gerade richtig."

Lola landete auf seinem ausgestreckten Arm.

„Max!", rief Doktor Noa. „Du hast wie immer ein Gespür für den großen Auftritt."

Max grinste. „Habe ich etwas verpasst, während ich unseren neuen Tierflüsterer gesucht und gefunden habe?"

Ein Junge, der eindeutig asiatische Wurzeln hatte, verbeugte sich vor der versammelten Mannschaft. Mohit fand, dass er unglaublich durchtrainiert und grässlich gut aussehend war.

„Hey, ich bin Bo. Der Neue in Whisperworld“, sagte er.

„Ich hoffe, ich habe keinen mit meinem Flugmanöver erschreckt.“ Er lächelte charmant und zwinkerte den Mädchen zu. „Entschuldigung, natürlich auch *keine.*“

Chuck, Mohit und Paul sahen sich irritiert an.

„Max hat mich mit Lola ausfindig gemacht, damit ich an der Schule der Tierflüsterer ausgebildet werden kann“, erklärte Bo. „Ich freue mich darauf. Ich freue mich auf euch und ich hoffe, dass meine Aktion eben in Ordnung war. Die Riesenwürmer wären vom Gleitschirm aus leicht zu treffen gewesen. Aber ich wollte sie natürlich nur erschrecken. Obwohl das echt keine netten Zeitgenossen waren.“

Mohit wollte gerade fragen, wo Bo so gut Gleitschirmfliegen gelernt hatte, als Ting auftauchte.

Der kleine Hibbling flitzte in einem irren Tempo auf die Gruppe zu. Genau wie Doktor Noa und die Berglöwen hatte er den Fußweg nach oben genommen. Nun sauste er zu Amy und sprang in ihre Arme.

„Alles gut hier?“, fragte er in die Runde.

Als Amy nickte, die anderen ihn jedoch verständnislos ansahen, reckte der kleine Hibbling den Kopf.

„Ich wollte nur mal kurz freundlich zu meiner Tierflüsterin sein. Ist schon wieder vorbei“, erklärte er, hüpfte wieder auf den Boden und machte sich so groß, wie er konnte. „Meine Botschaft ist nämlich eine andere: Devin Dolor hat sich mit den Kinshas und etlichen Sauriern in den Felsen zurückgezogen. Es sieht so aus, als wolle er nicht nur ausgestorbene, sondern auch fantastische Tierwesen an den Meistbietenden verkaufen. Die Zukunft von Whisperworld steht auf dem Spiel. Was also könnt ihr tun? Ihr könnt ihm nicht durch das Höhlensystem folgen, weil die Würmer alle Wege mit Geröll versperrt haben.“

„Devin!“ Doktor Noa ballte die Fäuste. „Diesmal mache ich ihn fertig. Ich lasse nicht zu, dass er Whisperworld zerstört. Ich werde ihn finden und zur Rechenschaft ziehen.“

Der kleine Hibbling sah sie interessiert an. „Du kannst richtig böse werden, Doc. Interessant. Besser ist es, möglichst schnell von hier zu verschwinden und die nächsten Schritte zu planen.“

„Die nächsten Schritte?“, fragte Mohit argwöhnisch.

„Die Höhlen, in die Devin Dolor sich verzogen hat, reichen weit, weit nach Norden – bis unter das Eisland, das

Skeif und bis zum Tückischen Meer. Von hier aus wird er die Saurier und bestimmt auch einige von uns Hibblingen verschiffen wollen, wohin auch immer. Der Kerl weiß allerdings nicht, dass wir wissen, wohin das Höhlensystem führt. Er denkt, es sei sein Geheimnis, aber wir haben ihn geschickt belauscht", erklärte Ting stolz.

Doktor Noa richtete sich auf und streckte den Rücken durch. „Ich danke dir und allen Hibblingen." Ein Lächeln umspielte ihren Mund. „Das heißt, dass wir am besten seine Pläne durchkreuzen und demnächst im Skeif auftauchen sollten. Darauf freue ich mich jetzt schon. Amy, Bo, Chuck, Coco, Enisa, Mohit und Paul, seid ihr bereit? Wie sieht es mit euch aus, Poppy, Silvester, Max, Carlos, Iggy und Lola? Whisperworld braucht unsere Hilfe!"

Eine nicht vollständige Sammlung der hier erwähnten Tiere und Tierwesen

Vom Aussterben bedrohte, gefährdete oder stark gefährdete Tierarten

BLAUER LEGUAN: Iggy gehört zur stark gefährdeten Art der Blauen Leguane und ist damit eines der seltensten Tiere der Welt. Lange Zeit wurden diese Leguane von Menschen als Nahrung erlegt oder von ihren Haustieren gejagt und getötet. Die auch als Grand-Cayman-Leguan bezeichnete Art findet man eigentlich nur auf der Insel Grand Cayman. Dort werden inzwischen auch Blaue Leguane gezüchtet, damit sie nicht aussterben.

BONGO: Bongos sind eine auffallend schön gezeichnete afrikanischen Waldantilopenart, von denen eine Unterart als vom Aussterben bedroht, eine andere als potenziell gefährdet gilt. Beide Bongo-Arten leiden unter der zunehmenden Zerstörung ihres Lebensraums und unter Wilderei.

BREITMAULNASHORN: Das Breitmaulnashorn ist das größte Nashorn. Die Kopf-Rumpf-Länge kann bis zu 4,20 m betragen, die Schwanzlänge 50–70 cm. Breitmaulnashörner können ein Gewicht von bis zu 3500 kg erreichen. Nashörner haben einen massigen Körper, einen kurzen Hals, einen großen Kopf und einen auffälligen Buckel im Nacken, dazu kurze, stämmige Beine. Häufig werden die Tiere gejagt, weil man ihren pulverisierten Hörnern fälschlicherweise eine heilende Wirkung zuspricht. Der Bestand des Südlichen Breitmaulnashorns erholt sich dank Schutzmaßnahmen gerade wieder, das Nördliche Breitmaulnashorn gilt als praktisch ausgestorben.

GEPARD: Die Raubkatze mit den langen schlanken Beinen und der besonders elastischen Wirbelsäule ist das schnellste Landtier der Welt. Geparden gelten als gefährdet. Sie benötigen viel Platz, bewohnen jedoch inzwischen nur noch einen Bruchteil ihres ursprünglichen Lebensraums, der immer mehr beschnitten wird. Obwohl der internationale Handel verboten ist, werden nach wie vor illegal ihre goldgelben Felle oder ihr Nachwuchs als Haustiere verkauft. Auch bei Jagden sind die Tiere beliebte Trophäen.

GIRAFFE: In den letzten Jahren hat die Anzahl der in der Wildnis lebenden Giraffen um 40 Prozent abgenommen. Derzeit gibt es noch ungefähr 68 000 Tiere. Die stärksten Ursachen für den Rückgang: der Verlust ihres Lebensraums und Wilderei, illegaler Handel mit den Knochen, Fellen oder Jagdtrophäen von Giraffen.

GORILLA: Diese beeindruckenden Menschenaffen können in freier Wildbahn bis zu 175 cm groß und 200 kg schwer werden. Sie haben ein dunkles Fell, das bei den Männchen im Laufe des Lebens heller wird, weshalb sie dann auch Silberrücken genannt werden. Gorillas sind durch die Zerstörung ihres Lebensraums sowie Kriege und Krankheiten bedroht.

LÖWE: Afrikanische Löwen wie Carlos sind gefährdet, seit 1980 ist ihr Bestand um die Hälfte geschrumpft. Wilderer und Bauern, die ihr Weideland vergrößern oder schützen wollen, machen den Löwen das Leben schwer. Der Asiatische Löwe ist sogar stark gefährdet. Beide Arten sind vom Aussterben bedroht.

LUCHS: Der Luchs, wegen seiner auffälligen Ohren auch „Pinselohr“ genannt, lebt als Einzelgänger in großen Waldgebieten. Die Raubkatze war einst in Westeuropa weit verbreitet, doch wegen der gezielten und gnadenlosen Verfolgung durch den Menschen wurde die größte Katze Europas beinahe ausgerottet.

NASHORNKÄFER: Die dunkelbraunen bis schwarzen Käfer tragen tatsächlich ein Horn, das die Männchen sogar manchmal nutzen, um miteinander um ein Weibchen zu kämpfen. Sie stehen in Deutschland und der Schweiz unter besonderem Schutz.

NEBELPARDER: Der Nebelparder kommt vor allem in Asien vor. Das Fell wird von Wilderern häufig auf Märkten verkauft, genau wie das Fleisch, und sogar die Knochen werden von selbst ernannten Medizinmännern für Medikamente verwendet. Nebelparder stehen kurz vor dem Aussterben. Ihr Lebensraum wird immer kleiner, weil für Palmölplantagen viel Wald abgeholzt wird.

OKAPI: Die vor allem im Kongo beheimateten Okapis sind kastanien- oder schwarzbraun und an den Oberschenkeln zebraähnlich weiß gestreift. Okapis sind Waldbewohner: scheue, tagaktive Tiere, die vorwiegend allein unterwegs sind und sich nur zur Paarungszeit treffen. Ihr Bestand ist stark gefährdet, da sie nur in einem kleinen Gebiet vorkommen und dort durch die Zerstörung ihres Lebensraums bedroht sind. Außerdem werden sie wegen ihres Fleisches und der Haut gejagt.

PLUMPLORIS: Alle Arten dieser Primaten mit den großen Augen gelten inzwischen als gefährdet oder stark gefährdet. Sie gehören zu den Tieren, die auf illegalen Märkten in Südostasien häufig zu finden sind. Bevor sie als Haustiere angeboten werden, werden den Tieren die spitzen Eckzähne herausgebrochen oder gezogen. Plumploris sind nämlich giftig. Eine Drüse am Ellenbogen produziert ein Gift, das zusammen mit dem Speichel der Tiere auch für Menschen lebensgefährlich sein kann. Außerdem leiden die Tiere unter dem Rückgang ihres natürlichen Lebensraumes, des Regenwalds.

SCHIMPANSE: Die Bestände der Schimpansen sind gefährdet. Das hat viele Gründe. Menschen sind ihre größten Feinde. Viele Wälder werden abgeholzt, um Holz oder Flächen für die Landwirtschaft zu gewinnen. Das nimmt den Tieren ihren Lebensraum. Außerdem geraten immer mehr menschliche Krankheitserreger zu den Menschenaffen, die keine Abwehrkräfte dagegen haben.

Es gibt Leute, die sich junge Affen kaufen und sie wie Spielzeug behandeln. Das Fleisch der Schimpansen wird als sogenanntes „Bush Meat“ verkauft. Und das alles, obwohl Schimpansen als unsere nächsten noch lebenden Verwandten gelten.

SCHUPPENTIER: Schuppentiere, auch Tannenzapfentiere oder Pangoline genannt, stehen auf der Roten Liste der bedrohten Arten. Es sind die einzigen Säugetiere, die rundum mit scharfkantigen Hornschuppen gepanzert sind. Sie werden ungefähr so groß wie eine Katze und brauchen zum Leben vor allem Wasser, Termiten und / oder Ameisen.

SCHWARZSPITZEN-RIFFHAI: Mit einer Körperlänge von bis zu zwei Metern gehört der Schwarzspitzen-Riffhai zu den mittelgroßen Haien. Auffällig sind seine breite, stumpfe Schnauze und die markante schwarze Spitze der ersten Rückenflosse. Der Schwarzspitzen-Riffhai ist ein gewandter und schneller Schwimmer, er bevorzugt flaches Wasser. Aktuell sind seine Bestände nicht vom Aussterben bedroht. Durch Sportfischerei, Wasserverschmutzung, die Zerstörung von Lebensräumen, vor allem der Korallenriffe, aber auf jeden Fall gefährdet.

SCHWEINSWAL: Die kleinen Verwandten der großen Blau-, Pott- und Buckelwale werden nur 1,50 bis zwei Meter lang. Sie sind damit die kleinsten Wale, die in offenen Gewässern vorkommen. Ihr dunkelgrau gefärbter Körper hat eine helle Bauchseite. Weltweit gelten die Schweinswale nicht als bedroht, in der Nord- und Ostsee sind sie aber inzwischen sogar stark gefährdet. Schuld daran sind die Menschen, die den Lebensraum der Tiere verändern. Viele Schweinswale sterben als Beifang in Netzen, durch schnelle Fähren oder durch Gifte im Wasser.

TRAMPELTIERE: Sie werden auch als Zweihöckrige oder Baktrische Kamele bezeichnet und kommen vor allem in Asien vor. Trampeltiere erreichen eine Körperlänge von etwa drei Metern und eine Höhe um die zwei Meter. Sie werden zwar als Nutztiere gehalten, sind aber dennoch stark gefährdet. Das liegt vor allem daran, dass die wild lebenden Trampeltiere gejagt werden. In vielen Gebieten sind sie bereits ausgestorben und stehen auf der Roten Liste der Weltnaturschutzorganisation IUNC.

WALDELEFANTEN: Waldelefanten leben in den Wäldern Zentral- und Westafrikas. Die Stoßzähne der Waldelefanten sind weniger gebogen und dünner als die anderer Elefantenarten, die Ohren eher rund bis oval.
Sie galten lange als eine Unterart des Afrikanischen Elefanten, sind aber tatsächlich eine eigene Art und noch stärker bedroht als ihre größeren Verwandten. Wilderei, die Abholzung tropischer Regenwälder, Straßenbau und die Jagd auf das „Buschfleisch“ der Waldelefanten lassen ihre Population schrumpfen.

Ausgestorbene Tierarten

DODO: Der Dodo war ein großer Vogel auf der Insel Mauritius, der jedoch mit seinen kleinen Flügeln nicht fliegen konnte. Er wurde 1598 entdeckt und starb bereits weniger als 100 Jahre später aus, da eingeschleppte Haustiere seine Eier fraßen oder er von Menschen gejagt wurde.

KAROLINASITTICH: Der Karolinasittich stammte aus der Familie der Eigentlichen Papageien und war in Nordamerika zu Hause. Er bewohnte hohle Bäume an Flussläufen und in Sümpfen. Farmer sahen ihn jedoch als Schädling an und machten Jagd auf die farbenfrohen Vögel. 1904 wurde das letzte Exemplar in freier Wildbahn getötet.

ZWERGMAMMUT: Das Zwergmammut war eine Art aus der Familie der Elefanten. Es bewohnte vor allem die Gebiete des heutigen Nordamerika, aber auch verschiedene Inseln. Die größten Exemplare waren nicht viel größer als ein Erwachsener. Sein großer Verwandter, das Mammut, starb vor etwa 11 500 Jahren in Nordamerika und Europa aus. Nur auf der kleinen Insel Wrangel im Nördlichen Eismeer überlebte eine Population von Zwergmammuts bis vor etwa 4000 Jahren.

PARASAUROLOPHUS: Dieser Dinosaurier war ein Pflanzenfresser aus der Zeit der Oberkreide (etwa vor 75 Millionen Jahren). Er war etwa zehn Meter lang und bis zu drei Tonnen schwer. Der Saurier konnte sich sowohl vier- als auch zweibeinig fortbewegen. Besonderes Merkmal des Parasaurolophus war sein Schädel mit dem langen Knochenzapfen. Durch

Ausgrabungen von Fossilien konnte man feststellen, dass der Zapfen von der Nase ausgehend nach hinten über den Kopf hinausragte und röhrenartig hohl war. Die Röhren verliefen von den Nasenlöchern bis in den Schädel. Mit 3D-Modellen konnten die Töne des Parasaurolophus nachgebildet werden.

SANSIBAR-LEOPARD: Vor langer Zeit war Sansibar mit Urwald bedeckt, bis ein großer Teil des Regenwaldes gerodet wurde. Einzigartige Tiere sind seither verschwunden, auch der Sansibar-Leopard, eine Unterart des Leoparden, die nur dort vorkam. In vielen Fällen wurden die Tiere gejagt, weil sie in Verbindung mit vermeintlichen Hexen gebracht wurden. Der Sansibar-Leopard gilt seit mehr als 25 Jahren als ausgestorben, jetzt sollen Forscher angeblich wieder ein Exemplar gesichtet haben.

WANDERTAUBE: Die Wandertaube war in Nordamerika endemisch, das heißt, sie kam nur dort vor. Sie war der weitverbreitetste Vogel Nordamerikas, zu Spitzenzeiten gab es bis zu fünf Milliarden dieser Vögel. Amerikanische Siedler rotteten die Wandertaube innerhalb eines Jahrhunderts aus. Zunächst wurden zahlreiche Laubwälder gerodet, die Vögel verloren ihren Lebensraum. Außerdem wurden sie gejagt, weil ihr Fleisch begehrt war und ihre Federn für die Füllung von Bettdecken genutzt wurden. Martha, die letzte Wandertaube, starb 1914 im Zoo von Cincinnati.

Pflanzen

AFFENBROTBAUM: Diese hoch aufragenden, meist frei stehenden und sehr auffälligen Laubbäume kommen vor allem in Kontinentalafrika, Australien und auf der afrikanischen Insel Madagaskar vor. Ihren Namen haben sie von den Affen, welche die Früchte der Bäume ernten. Affenbrotbäume gelten als Lebensspender. Sie speichern in ihren Fasern Wasser, ihr Holz wird als Brenn- und Baumaterial genutzt. Die Bäume selbst dienen als Versammlungsplatz und Zentrum religiöser Feiern.

FEIGENKAKTUS: Lange vor der spanischen Eroberung war dieser Kaktus bereits eine Kulturpflanze der Azteken im heutigen Mexiko. Der Kaktusstrauch und auch die Früchte, die sogenannten Kaktusfeigen, sind stachelig. Die Feigen werden als Obst gegessen, außerdem werden sie in der Volksmedizin verwendet. Das Gel in den fleischigen Blättern soll bei Magenproblemen helfen, der Saft der Früchte bei Brandwunden. Feigenkakteen können bis zu sechs Meter hoch werden.

MAHAGONIBAUM: Er gehört zu den Urwaldriesen, kann bis zu 60 Meter hoch wachsen und einen Stammdurchmesser von

3,50 Metern erreichen. Der Stamm wächst gerade, die Äste beginnen weit oben, teilweise erst in Höhen von 20 Metern. Seine dichte Krone überragt viele andere Tropenbäume.

MERANTIBAUM: Der (Gelbe) Merantibaum wächst in Malaysia, Indonesien und Thailand. Er ist sehr groß, immergrün und erreicht eine durchschnittliche Höhe von 50–60 Metern, er kann sogar über 100 Meter groß werden. Der Stammdurchmesser kann über drei Meter betragen. Seit 1998 steht der Baum auf der Roten Liste der gefährdeten Arten der Weltnaturschutzunion. Nicht bedroht ist der Merantibaum in digitaler Form: Er ist Teil des bekannten und beliebten Videospiels Minecraft.

Fantastische Tierwesen

BASUL: Ein sagenhafter Greifvogel, etwa von der Größe eines Pfaus. Auf dem Kopf trägt der Basul einen fächerförmigen, silbrigen Federkamm. Brust- und Schwanzfedern schimmern himmel- bis türkisblau, sein Schnabel ist lang und spitz, die Krallen sind lang und scharf. Sowohl männliche als auch weibliche Basule sind Einzelgänger und sehr scheu. Basule können weit über hundert Jahre alt werden. Gegen Ende seiner Lebenszeit paart sich das Weibchen mit einem Männchen und legt ein

Ei. Ist der Nachwuchs geschlüpft, aufgezogen und flugfähig, stirbt das Weibchen. Männliche Basule ziehen sich zum Sterben in Höhlen zurück.

DRACOFERUS: Dieses majestätische, kräftige Tier ist etwa so groß wie ein Flusspferd, sein Kopf sitzt auf einem langen, mit Stacheln besetzten Hals. Der Dracoferus hat den Körper einer Echse, besetzt mit dornförmigen Spitzen. Schuppen und Körper sind bei jedem dieser Exemplare unterschiedlich, es gibt Dracoferi in allen Farbschattierungen. Die Tierwesen können Feuer speien und fliegen. Sie leben in Nestern an bisher unbekannten Orten, dort legen sie ihre Eier ab und ziehen die Jungen groß, bis diese flugfähig sind. Dracoferi sind gesellige Tiere, sie leben in Herden zusammen. Es gibt aber auch Einzelgänger.

HIBBLING: Niedlich und putzig, eine Mischung aus Koala und Waschbär, so sehen die kleinen fantastischen Wesen aus. Ein breiter, wuscheliger Körper, steingraues Fell mit weißen Tupfen, ein kleiner Kopf mit großen Murmelaugen und puscheligen Ohren, Pfötchen mit scharfen Krallen. Im krassen Gegensatz dazu steht ihr ausgesprochen abschreckendes Gebiss: zwei dichte Reihen voller spitzer Zähne. Dennoch sind die Hibblinge ausgesprochen freundliche Pflanzenfresser, die scharfen Zähne schlagen sie in Bäume, um an deren Pflanzensaft zu gelangen. Hibblinge leben in großen Rudeln in Höhlen, die sie in morsche Bäume graben. Männchen und Weibchen sind gleichberechtigt sowohl bei der Aufzucht der Jungen als auch bei der Nahrungssuche und in der Rangordnung.

MIRACORN: Dieses winzige Flugwesen ist nachtaktiv und beginnt in der Dunkelheit zu leuchten. Miracorns haben einen käferähnlich geschuppten, schillernden Körper, dessen Unterleib wie eine winzige Lampe funktioniert. Der Miracorn ist jedoch kein Käfer, sondern ein Wesen mit Händen, Armen, Beinen und einem menschen- oder koboldähnlichen Kopf. Ausgewachsene Miracorns sind etwa so groß wie ein Zeigefinger.

KINSHAS: Diese Art kann man am besten als Riesenwürmer bezeichnen. Die Kinshas leben in Gängen, die sie tief bis ins Innere von Felsen bohren. Sie sind rosafarben, mit feinen weißen Maserungen auf der ölig glänzenden Haut. Ihr Durchmesser beträgt etwa 1,50 Meter, die Länge um die acht Meter. Kinshas bewegen sich auf einer Art Ölspur durch das abwechselnde Strecken und Zusammenziehen der einzelnen Körperabschnitte. Wenn sie ihre Ringmuskeln zusammenziehen, werden die Kinshas, wie alle anderen Würmer auch, dünner und länger.

Beim Zusammenziehen der Längsmuskeln werden sie wieder dicker. Von Natur aus sind die Riesenwürmer scheue, zurückhaltende Wesen. Ihre Kommunikation untereinander erfolgt durch verschiedene Bewegungen des Kopfsegments.

BARBARA ROSE ist Kinder- und Jugendbuchautorin und Journalistin. Bevor sie mit dem Schreiben anfing, hat sie Sendungen für Kinder und Jugendliche im Radio moderiert und sich Geschichten fürs Fernsehen ausgedacht. Sie wohnt mit ihrem Mann, vier Kindern, Hund Molly und vielen anderen Tieren in der Nähe von Stuttgart. Aber häufig ist sie auch an einem anderen Ort anzutreffen … in Whisperworld!

ALINA BROST, geboren 1996, studierte Kommunikationsdesign mit dem Schwerpunkt Illustration. Sie ist fasziniert von magischen Welten und stets auf der Suche nach neuen Abenteuern in Büchern aller Art. Sie lebt mit ihrem Partner und vier Katzen in Augsburg.

DIE LEGENDE DER TIERFLÜSTERER

WHISPERWORLD 1: AUFBRUCH INS LAND DER TIERFLÜSTERER
ISBN 978-3-551-65636-0

WHISPERWORLD 2: FLUCHT IN DIE WÜSTE
ISBN 978-3-551-65637-7

WHISPERWORLD – EIN LAND AM ENDE DER WELT. Geheim und verborgen. In Whisperworld leben Tierarten, die längst als ausgestorben galten. Fabelwesen, von denen niemand weiß. Dort finden bedrohte Tiere eine Heimat. Dort werden sie beschützt. Beschützt von den Tierflüsterern.

WHISPERWORLD 3: GEHEIMNIS DES MEERES
ISBN 978-3-551-65638-4

WHISPERWORLD 4: GEFAHR IM SUMPF
ISBN 978-3-551-65639-1

WWW.CARLSEN.DE

CARLSEN

Carlsen-Bücher gibt es im Buchhandel
und auf carlsen.de

MIX
Papier | Fördert gute Waldnutzung
FSC® C014496

Völkersstraße 14-20, 22765 Hamburg
Dieses Werk wurde vermittelt durch die Literarische Agentur
Thomas Schlück GmbH, 30161 Hannover.
Whisperworld ist eine eingetragene Marke des Carlsen Verlags.
Illustration: Alina Brost
Umschlaggestaltung: Sabine Reddig
Produktionsmanagement: Helene Hillebrand und Lea Intelmann
Lithografie: Margit Dittes Media, Hamburg
Satz: Pinkuin Satz und Datentechnik, Berlin
ISBN 978-3-551-65640-7
Mit Fragen zur Produktsicherheit wenden Sie sich bitte an:
carlsen.de/kontakt

DAS NACHTBLAUE MEER
UNKNOWN TERRITORY
SABLO DIABLO
SALZSEE
MONDSCHEINBERGE
OASE
SAMARIND